U0131074

INK INK INK INK INK INK
NK INK INK INK INK INK IN
INK INK INK INK INK INK
NK INK INK INK INK INK IN
INK INK INK INK INK INK
NK INK INK INK INK INK IN
INK INK INK INK INK INK
NK INK INK INK INK INK IN
INK INK INK INK INK INK
NK INK INK INK INK INK IN
INK INK INK INK INK INK
NK INK INK INK INK INK IN
INK INK INK INK INK INK
NK INK INK INK INK INK IN
INK INK INK INK INK INK
NK INK INK INK INK INK IN
INK INK INK INK INK INK
NK INK INK INK INK INK IN
INK INK INK INK INK INK
NK INK INK INK INK INK IN
INK INK INK INK INK INK
NK INK INK INK INK INK IN
INK INK INK INK INK INK
NK INK INK INK INK INK IN

IK INK INK INK INK INK IN
INK INK INK INK INK INK I
IK INK INK INK INK INK IN
INK INK INK INK INK INK I
IK INK INK INK INK INK IN
INK INK INK INK INK INK I
K INK INK INK INK INK IN
INK INK INK INK INK INK I
K INK INK INK INK INK IN
INK INK INK INK INK INK I
K INK INK INK INK INK IN
INK INK INK INK INK INK I
K INK INK INK INK INK IN
INK INK INK INK INK INK I
K INK INK INK INK INK IN
INK INK INK INK INK INK I
K INK INK INK INK INK IN
INK INK INK INK INK INK I
K INK INK INK INK INK IN
INK INK INK INK INK INK I
K INK INK INK INK INK IN
INK INK INK INK INK INK I
K INK INK INK INK INK IN
INK INK INK INK INK INK I

INK INK INK INK INK INK
K INK INK INK INK INK IN
INK INK INK INK INK INK
K INK INK INK INK INK IN
INK INK INK INK INK INK
K INK INK INK INK INK IN
INK INK INK INK INK INK
K INK INK INK INK INK IN
INK INK INK INK INK INK
K INK INK INK INK INK IN
INK INK INK INK INK INK
K INK INK INK INK INK IN
INK INK INK INK INK INK
K INK INK INK INK INK IN
INK INK INK INK INK INK
K INK INK INK INK INK IN
INK INK INK INK INK INK
K INK INK INK INK INK IN
INK INK INK INK INK INK
K INK INK INK INK INK IN
INK INK INK INK INK INK
K INK INK INK INK INK IN
INK INK INK INK INK INK
K INK INK INK INK INK IN

INK

文學叢書

194

天不再空

余　非◎著

目錄

我有三幀3R大小的照片，兩幀彩色，一幀黑白。

第一幀

照片

第一幀照片裡蹲了一隻拉薩小狗。小狗的背景，塡滿了一格橫一格直的深棕色柚木地板。木板地光亮如鏡，小狗蹲坐著，小屁股的其中一邊，斜勾了半個毛茸茸的倒影。這倒影顯示拍攝前地板剛洗擦過，並抹過令地板晶瑩亮麗的蠟水。是爲了拍照呢抑或是爲了愛惜小狗，讓牠有一個衛生的生活環境，抑或是這家人本來愛清潔？照片也可言說，但它只能訴說框框之內的內容。至於拍攝的動機，拍攝者的心情，拍攝者吃過飯了沒有，他家離拍攝地點遠不遠等等，不是完全無從知悉，但你只可以透過被拍攝的內容來臆測。照片爲你提供一個框框之內的線索。

除了拍攝者，鏡頭以外還有甚麼人呢？這當然是天曉得了。照片並不一定能顯示拍攝當下鏡頭以外還存在甚麼事物，除非被拍攝的是一面鏡子。在不夠細膩的拍攝者手裡，照片更只是個存在多種限制的框框。

照片以外

——別讓她跑出去——夜歸時佇候門外等進門，等候隆隆移開的鐵閘。門斜掩地半啓，傳來上面那句話。心知不妙，猜知是來了不速之客。果然，是一頭小小狗。我急急腳愴惶逃生——波波，追上去，咬她——兄妹知道我怕動物，甚至純良纖弱不堪一擊的小動物。波波是頭兩個月大的狗嬰孩，只有一格每格一尺的木地板長短。

——膽小鬼，小狗有啥可怕，——我奪門而進，逕往自己那鑽石型三尖八角的細窄房間衝去，再一躍而上那凌亂不堪的木板睡床。小波波如彈珠躍跑過來，——打死！——媽媽在波波背後粗聲斥喝，小動物登時靈性地急煞掣，姿態討好得不得了；兩條前腿躍跳中忽然直立，毛茸茸的小圓屁股一蹲，以踞坐的姿態乘餘勢在木地板上衝前滑行了半方格的路程，在一條無形界線前面戛止。——打死波波！大膽啦！——界線後面是走廊，走廊兩旁是浴室、廚房、睡房。波波的活動範圍止於大廳起居室，其他均屬禁區，不能越雷池半狗步。

小波波蹲著仰視房間裡跳到床上高她何止一等的我，我也看她，彼此面面相覷。小狗尖細的面龐伴著兩幅下耷和啡白色滾黑邊的潤亮毛髮，披毛髮的外耳殼像兩尾鬆開的馬尾辮，仿若給家長悉心打扮過的鄰家小女孩。波波的眼睛黑大而圓，再加一個同樣圓黑的精緻鼻子，情態楚楚可憐。但我依然怕她。兄妹搗蛋地用她追逐的玩具圓膠球呀用牙撕扯自娛的小方巾呀來逗她，誘她越界——打死！——可同時斥喝。小波波只抬一抬屁股，猴著身子作勢要直搗黃龍，卻在背後的喝罵聲中乖乖地站回界外，垂頭舐腳。

玩了一整夜，波波必須睡覺，因爲家中各人都累極了。兄妹把波波抱到臨時的狗窩，一個墊了軟毛巾的大瓦通紙皮箱。我們都累了，可波波還未累，不時一撲而起，如一個小人般直立，前爪挖挖挖地攀執齊頭頂的紙皮箱邊不放，一雙圓黑精靈的大眼睛骨碌骨碌地轉，可憐兮兮地咿咿嗯嗯討憐要抱。——不許出來！睡覺！——妹妹拿著塑膠衣架唬她。小波波不服，抓衣架。掙扎十來分鐘後，小狗也眞的累了，五體投地像隻上桌乳豬般伏下去，進入想睡而未睡的慵懶狀態。

安全了，我便斗膽與一眾家人大模廝樣地觀狗。酣睡了的小波波，小腹腔沉重而有秩序地起伏。我粗著膽子伸手觸一下波波背後雪白的毛髮。指尖移近，觸及散在皮毛周遭流動的溫熱，一陣驚心的悸動，自亂的脈搏刺激了我駭鈍的感覺器官，我嗅到一陣迎鼻子衝來的小狗氣息，是狗兒獨有的一種氣味。我大著膽子再探深一點，瞬即如觸電般神經質地把手急縮回去。我由起伏的胸腔軟骨感受到小狗的血脈躍動，又是一陣凌亂的悸動。

悸動的感覺令我想起有一回在快餐店吃早餐，旁人只見我忽然嘩然躍跳到塑膠坐椅上去，原來是因爲有一頭狗親熱地從我腿背擦過。旁人嘲笑我無膽匪類，怕小狗。是的，我怕小動物，我害怕那種溫熱，有脈搏顫動的生命實體，以我一不留神便可用腳踩傷踩死，以及次人一等屈處腳邊的卑微形式出現。我害怕這種感覺。

忽然毫無上文下理地在腦海閃出一句話：敬鬼神而遠之。生命在敬與畏之間相反相生，互相承轉。

波波愈看愈乖巧趣致，小而可憐，愛與懼沉重地纏在一起。我知道自己之所以害怕只不過是那麼幼弱的一頭小小狗，是看出了那實實在在是一條生命。平素待人，尤其是對值得討厭的人不無兇悍的自己，卻對以不是人的形式出現的另一種動物生命，莫名其妙地生出畏懼。

波波活潑、傻戇，一如嬰孩小人。她就是嬰孩。我同時想起了朋友的小兒，豆豆。

第二幀

照片

第二幀直度照片裡有一個女子與一個年約兩歲的小孩。相片最能洩露面容的秘密，由女子與小孩的神態笑意、年齡差距推測，他倆極有可能是一對母子，姑且稱作母子吧。照片裡的一母一子，都開懷朗笑。其中小孩的笑臉正處於要別過頭去的扭動中，焦點有些微模糊。母子倆佔去照片三分之二空間，背景在雜亂無章和毫不重要之中，看得出是一家快餐式食肆。

由構圖之無特色，以致攝影效果平平看來，這是一幀出自不擅拍照者之手，而且只用全自動傻瓜照相機拍攝的日常作品。打算記錄的，是感情而不是審美印象。相片中年輕母親笑容自然，小孩則頑皮自若，似乎拍攝者沒有叫「站好別動」便按鈕。被攝者看來雖是面向鏡頭，卻沒有鏡頭正瞄準她的警惕，自然得有點隨意。可以猜測，被拍攝者與拍攝者之間相當熟絡，交誼匪淺。

照片以外

好友敘舊，她連寶貝兒子豆豆也帶來了。

朋友長得身材高䠷，說再高兩三吋她就會去當模特兒，也不會要現在的丈夫，朋友每回說罷便呵呵朗笑——認眞的啊！——因爲她比丈夫高兩吋。她完全是個不像已爲人母的媽咪。她的小兒子豆豆身爲男子漢，卻不幸盡得其父遺傳；不但長得像極了父親，連體格也如他。豆豆與同齡小孩比較，——三歲啦，還像粒骰子般叒瘦，沒用。——顯然偏於瘦小纖巧了一點，裝模作樣地穿起成人派頭的兒童時裝，更突出他只是個未長成的小人。

豆豆形似父親但神似媽媽，大動作、爽朗，永遠有不完不了的可掬笑容，豆豆其實害羞、怕人，卻不哭，而且愈害羞的關頭便愈笑臉迎人，用笑忸怩地掩飾一切。——人家當你是傻瓜，小傻鬼。只懂傻笑。——當然，小豆豆開心時也笑。於是，加起來的總和就是每天也是堆滿笑容的燦爛日子。豆豆不吝嗇笑，而且笑得傻，笑得戇，笑時露出一粒粒貝白小齒，一粒一粒的，還不住流口水。

一把將小豆豆抱在懷裡，眼前是小手、小牙、唾液垂垂流個不停的小嘴巴。豆豆打入腦海裡的印象，就只有一個「小」字。本來就只有中等身材的我，忽然巍巍如巨人。豆豆小得我屈曲了手臂就可以當把椅子任他坐，一個臂彎便可以承擔他的所有重量，地道的小小生命。

快餐店造就了人爲的冬天，令我在酷暑天也感到微冷。豆豆的小手臂也因外露而沾寒——親親阿姨啦，豆豆。——窈窕媽媽吩咐豆豆，豆豆照辦，羞澀地哄到我面上。一陣帶嬰兒香味的暖熱氣息撲到我已微冷的面頰。豆豆調皮地給我一個蜻蜓點水式的甜吻，即使只是一閃而過的碰觸，我仍可清晰地感受小人兒稚嫩柔軟、豐潤溫熱的皮膚質感，是初生生命的印象。忽然閃出一個念頭，自己置身草樹叢中，感受一株植物幼苗破土而出。生命之初是弱中含勁，既已接觸世界又未受惡氣感染。

生命的奧秘是十多年後，他會有一個比我高大的皮囊。想像中的小豆豆與眼前的小豆豆相比，由小人到成人差出來的一大截實實在在的血肉，竟可以在物換星移中不動聲息地由無生有。——走啦，豆豆，再親阿姨一下啦。——皮膚上再留住一陣溫暖鮮嫩的嬰兒氣息。

第三幀

照片

第三幀照片，黑白，內容閱之嘔心。

照片以外

對於一個只有五歲大的小孩來說，雖然不太明瞭，不太上心，但不尋常的氣氛還是感受到的。

我最喜歡新奇的事物，喜歡飛機，但不是這種令人愁眉苦臉，每次出現也引來地動山搖警報嗚嗚的飛機。我家在山西路，山西路一帶街坊鄰里也知道我爹娘是華佗擅醫。從前沒有砲火的那段日子，四合院的天井總是排滿病患。爹娘所看的病人大多衣衫襤褸，舅父負責拿父親開出的藥方執藥。整整一堵牆的面積都是藥櫃，舅父的徒兒阿漢哥要用木梯上攀下爬，好容易才從不同抽屜湊合一服治病的藥。舅母幫忙照應輪候的病人，給水施飯，也負責收診金。但有更多時候，是我看見舅母給病人診金，病人老爹大媽哭拜謝恩，舅母把他扶將起來——怎生受這大禮啊，我怎生受這大禮啊。——一直送至正門口才揮手遠去。

氣氛像注了鉛般凝重，是打從冬天開始的。大人說要打仗了，打到南京來了。我，還有舅母的兒子——我的表弟棠棠和撿回來的小花旺，也得乖乖的，不能到街上以至大門口一帶流連。我常感到奇怪，怎麼一打仗，人就不病了，我家的天井再沒有成群成隊的病人。直至有一次要走防空洞了，要做演習，我才驚悉原來成群成行的病人都躺到街上去了，都是衣衫襤褸，不，比從前見過的更襤褸更窮的人。城裡來了外省人之後，爹娘開始不常在家裡待，看病的場所移師巷道上去了。我很悶。有一趟在爹娘又要外出時扯著娘的寬褲管不放——乖，跟棠棠和小花旺玩去，爹娘有正經事要辦。乖啊。——娘抱起我親了一下便外出。

家裡沒有大人，隔鄰的玩伴已遷走，兩歲的棠棠、小花旺就是我的親密玩伴，我們彼此相依爲命。有一次，我們正玩得興起，忽聽到婆婆與舅母說我們也要遷走了。——待你老爺收帳回來後，我們也離開吧。——我們也要搬走了。我把這個消息認真地告訴了棠棠和小花旺。

棠棠是個小人，我比他高很多很多。棠棠剛滿兩歲，剛會走路，走起來如醉步蹣跚，彷彿土地把他搖跌了。棠棠走得不穩，最愛在到達目的地之前兩三步便撲過去，走得辛苦他就懶走。這個懶惰小人撲到目的物後便吃吃傻笑，一邊笑一邊流得滿嘴口涎。棠棠那粉紅透明的剝殼雞蛋臉皮，嫩滑圓潤，看來是水分豐潤得要不斷濕滴滴地向外排解了。有時即使是抓住了目的物，棠棠也會自個兒失去重心而人仰馬翻。倒地後開襠褲露出雪白溫暖的小屁股，在寒冬裡特別招引小花旺來追舐。棠棠被舐得酸癢，笑得格外興奮，小花旺也就舐得更有恃無恐。在打仗的日子裡，我每每只能從與棠棠、小花旺的相處中找回一點快樂時光。

那天的事我不想憶及，卻永誌不忘，即使我當時只有五歲。混亂與惶遽的氣氛已攀升至極點，大人臉上的慌恐不安不是平日可見的，是扭曲的驚慄——入城了！打進城了!!——即使只有兩歲不通人事的棠棠那天也忽然不哭不鬧。我抱著棠棠，抱得很緊，因爲一種莫名的恐懼。我不明所以地親親小棠棠，感受那臉頰上傳來的嬰孩氣息。棠棠厚棉襖圓領口散溢的暖熱和氣味，可令我安神。小花旺也可能憑動物的直覺感受到周遭的不尋常，我走到哪裡，牠就在哪裡，寸步不離。小花旺躺在我小腿背後與木板櫈之間的空隙，我用手順小花旺的軟毛，由細小如橘子的小頭到尾巴。叫小花旺乖，別怕。小花旺的毛很軟，很暖，透過厚毛層和伸出來喘氣的小舌頭，我感受到小花旺粗氣呼吸下腔胸起伏不定的慄動。

小花旺、棠棠和我，看著大人窘急慌忙。爹娘在外看病未歸，抑或外邊已亂得沒滅他倆歸家的路？婆婆用食指與拇指捻數佛珠，口誦佛經。——奶奶，收拾細軟走啦！——忽然，舅媽惶恐得趺趺撞撞地撲進誦經室。——不走，都八十多歲了，大不了便是一死。你老爺收帳還未回來，我要守在這裡等他回來。你們年輕力壯的走吧。別管我了。——打點家務的福伯和洗熨衣服打掃燒飯的陳媽，早在五天前便已請辭。他倆離去時對我和棠棠邊哭邊親，我特別捨不了他倆，可是因爲某種特殊的氣氛，我捨不得也懂事地不敢發潑纏著福伯與陳媽不放。

不是要收拾東西，要走的嗎？大家也在等爹娘回來而已。爹娘沒有回來，倒來了一大群穿軍服綁腿，手握一根根有閃光利刃刀頭木棍的大兵。

我的記憶開始抗拒差喚，聽任震慄把記憶割斷，即使我那時只有五歲，我在往後的「侵華圖片展覽」呀書店裡的書籍呀都可輕易找回熟悉的片段，記憶雜亂無章又彷彿一片空白，這種狀態，我其實還不敢肯定是眞正忘卻抑或是不敢憶及。

十幾個嘰哩咕囉的大兵擁進廳堂（卡嚓）舅媽與婆婆淒厲的嘶叫聲（卡嚓）我是五歲的男丁（卡嚓）與從街上驅趕進來的男子、舅父被下令蹲在四合院天井的一角（卡嚓）狠狠地毆打（卡嚓）舅父喊舅母的名字（卡嚓）兩個赤裸的女人被扯著髮倒拉出天井（卡嚓）十多個士兵一擁而上（卡嚓）黑雲鬢與銀白雪髮（卡嚓）吃人的狂狎（卡嚓）混亂的野嘯（卡嚓）我排在最前邊，看見沒穿衣服的婆婆與舅母（卡嚓）棠棠呢？小花旺呢？我開始索氣乾泣。

我失去的記憶是幾十年來縈繞不散的夢魘，夢魘。一把尖刀插進倒在地上爬行的棠棠的腹腔，尖刀如挑紙片般把棠棠挑起，棠棠穿過刀刃凌空懸伏空氣裡，鮮紅的血汩汩地滴下來（卡嚓）（卡嚓）滿地是血開的花，狂哭狂狂叫，是舅父（卡嚓）小花旺被踢起飛撞牆垣，玻璃肚破了腸與血同流（卡嚓）有人「卡嚓卡嚓」地拍照（卡嚓）我在「侵華圖片展」看到一些女人下體的特寫，有一隻手往一個掩面的女人下體插入竹篾……我頭痛如裂，要爆炸。

我今年五十五歲，我之所以有五十五歲而不是五歲，是因爲要刺到我身上的那一刀，五十年前給壓在我身上的另一個身體承受了一大半，我只得五歲，身材瘦小，我只知道在一陣野狼狂嘯刀鋒霍霍的恐亂中，在我周圍的人一個又一個倒下去。我們被推疊到一個泥挖深坑，沒有反抗，手腳都緊緊地縛上粗大麻繩，我們好幾天沒有吃飯，沒有喝下半滴水，我們全都沒穿上衣，只餘一條稀巴爛的破布褲。我仍未完全昏過去之前，我知道自己的手臂在淌血，沉靜汩汩的細流，不急。這血也可能是壓在我身體上面另一個身軀流出來的血，而不是我自己的血。我們都沒穿上衣，我感受到所有壓在我身上的軀體開始由溫熱變冷。我漸漸也感到屬於自己的身體也變冷。我感受到的溫熱，不但從四周流散，也從我自己的身上流走……之後我昏過去……彷彿睡了很久很久，我又再感到一股暖熱的氣息在體內流動，從周圍，以至我自己的體內，我開始有「自己」的感覺。有人在收拾屍首時把已氣若游絲的我偷偷地救起。

4

我這個他又任意讓自己的思想天馬行空了。他哪來五十五歲呢，他只有三十多歲。他手邊的確有三張照片，是在亂七八糟的雜物與舊照片堆裡抽出來的三幀，他特有印象的三幀，全是彩照。有關第一、二幀照片的情況，暫且按下不表，先說那幀所謂的第三幀黑白照吧。事實上，那是存在又實際上不存在的一幀照片。這必須從頭說起。

眞正給沖曬出來的而又與上文所謂的第三幀黑白照相關的，應該是一幀由一位記者朋友攝下來的彩色照。記者朋友採訪一個本地大型書展，在展場中偶遇正在翻閱書籍的他。記者朋友基於沒有原因的衝動，又或者是一時貪玩，卡嚓一聲便順手把老朋友看書的模樣偷攝進鏡頭。照片背景是某書店的大型攤位，參展主題是「抗戰勝利五十年」。在一幅大型廣告板下面是平放的一批新書，他正埋首閱讀這批以抗戰爲主題的書籍。

我這個他用手翻看，站閱，但不買。他是頭十分感情用事的動物，朋友以至他自己並不認識的人的悲喜哀樂，他都會毫不客氣不請自來地對號入座，感同身受。過多的人情味使那些只被他閱讀而不是親眼看見兼且不是發生在他身上的悲劇，絕對觸動他那過分敏銳的心靈，令他感同身受之餘茫然若失暗自傷神好半天。作爲未經戰火洗禮的新生代，別以爲他就可以形同局外人般用翻文獻檔案的態度冷漠地對待這批抗戰書籍，他愈看便愈義憤塡膺咬牙切齒。

翻看那些記錄日人暴行的圖冊——注意，他只是翻看，不帶走，不買，不藏——對他來說已需要挪用深呼吸才迫出來的無比勇氣。但他仍不敢買下，不敢收藏這批現代史上的大悲劇。更何況敵人從未認罪反思，超乎戰爭以外的軍國主義陰魂仍生生不息地存活於這個今天的經濟大國。書買回去端放在木書架上，無疑是要他日夜面對那些慘死的冤魂。

正如上文所說，所謂的第三幀照片及照片以外的內容，其實只以抽象形式存在。眞正存在過的，只是一幀他被偷攝進鏡頭的彩色照，裡面的他正用心閱讀一批令他咬牙切齒並嘔心的侵華圖片。有他在裡面的一幀彩色照，由他那記者朋友於書展一星期後寄贈與他。

我說「他正用心閱讀『一批』令他……的侵華圖片」，意思是他在書展裡用眼睛看過了很多很多，肯定是超過一幅之數的侵華暴行紀錄照。這「批」照片，由他卡嚓卡嚓地用眼睛、近鏡拍攝到腦袋裡，以超乎具體照片的形相儲存於形象思維的資料庫，隨時備取。存放在腦袋裡的記憶，令他「覺得」自己擁有一幀、一疊，以至一批第三幀一類的黑白照。他自以為如此。

可事實上，他只擁有一幀自己看書的模樣被偷拍下來的彩色硬照。

5

我何止偵破上文所謂第三幀照片以至對「照片以外」的描述之「眞正存在」情況，我更開始懷疑上文所謂第一幀、第二幀照片的「照片以外」是否確實如此。

照片有別於錄影帶，照片是斬釘截鐵的斷句，錄影帶是有上下文理的篇章。上文提到的第一幀照片，是一頭小狗；第二幀照片，是一母一子的硬照。一個老實人對照片內容的複述，應止於此。但我這個他，卻望照片而生遐想，引發了兩段照片以外的長篇大論，由鏡頭之內走到鏡頭以外，帶出絕對超乎一張硬照所承載的內容。第一、二幀照片確實存在，是他從舊相片堆裡掏出來的，可是浮想聯翩，添枝加葉的「照片以外」，卻是他杜撰。

實際情況是這樣的：某天八號颱風訊號高懸，白晝也烏黑如深夜，他撳亮檯頭燈，泡了杯不太濃烈的咖啡，在雨水吵啦吵啦撲打玻璃窗的聲浪中，溫馨地在窗台邊收拾舊照片，思想並隨照片起舞，浮想聯翩，舞出對定格以外延伸性的記憶。

他把由三張不相關的照片：小狗／母與子／書展，所引發的興情，用想像力黏連。這「連」起來的工夫自有其說不清與說得清之間的文藝性思維邏輯，不宜說清也無從說清。我這個他是個很不踏實的白日夢患者，只希望讓一切也用不清不楚的方式和稀泥般和起來，渾渾沌沌地存放在腦海裡玩味，靜靜思量生命的生死哀樂。

6

對於這個他的情況我如斯了解，彷彿是我由全知觀點創造出來的小說人物。這很簡單，你猜對了，這無非是因爲「他」不過是由我虛設出來的人物。這個他根本不存在。

眞正存在的，是八號颱風訊號高懸，白晝漆黑如深夜，外面有風聲雨聲和木板雜物被吹翻亂飛的碰撞聲，反襯出室內燈火通明的安全溫馨。在祥和靜甯的氣氛中，我手把溫熱的茶杯，一邊品嚐七子茶餅泡出來的微澀清茶，一邊在風雨聲中承受各條抗戰五十周年，日人拒認戰爭罪行等新聞消息的衝擊。

一切人間的冷熱，都在安穩的暖窩中翻江倒浪地擾亂心神，人定心馳。

相片呀甚麼的，根本並不一定與「存在」相指涉。往往只有眞眞假假無中生有地想當然。請別怪我愚弄了你的眞誠你的信以爲眞，原因是我一如「他」，是個毫無作爲，只懂無中生有的寫故事的人。

一九九五年八月十二日初稿
一九九五年十月二十八日定稿
寫於抗日戰爭勝利五十周年前後

天不再空

0

——要找你可眞難呀！

——與朋友喝夜酒去了，不，他們喝酒，我喝咖啡。回來在地上拾到你的FAX，怎不錄音留言呢？

——最討厭拿著空聽筒說話，像傻瓜。

飛飛。一句沒頭沒尾的說話打中我的翅膀，如針刺般癢痛。

——不是說，你老公會接你回美國嗎？

——對呀，他下星期到港。還以爲回來了可以做救世主，誰知五個姊姊有四個婚變。麻煩處不在子女，是那些錢財身外物。一手抓起這個浮桶，那個浮桶又往下沉。又有誰／來／拉我／一把。

——唏，有電話打入，等我，別掛線。

嘟……嘟……嘟……

飛飛。這次是四五下連續的針刺，分別射向胸、腹。我全身也覆蓋羽毛，但以胸腹的羽毛最短最薄，給冷風一吹便流鼻水感冒。飛行時會碰上如針刺的襲擊，是某天飛行時穿過一片磨菰形厚黑雲以後的事。黑雲下面是一陣陣璀璨的紅光。

——你有要事我不打擾了。

——不重要的，轉頭再覆。聽你的語氣，像挺累似的。

——怎能不累，在美國給寵壞了。紐約雖是大城市，但壓迫感卻遠追不上這裡，這裡由物理以至心理空間也窄得要命。唏，近來有好書看嗎？讀書人。

——又取笑我！

——別生氣，我可眞的想看看書，快乾死了。

——剛寫好一篇書評，省我唇舌，就傳給你看看，介紹一本義大利童話集。那我們先掛線，讓我FAX給你。

1

不能享受省力的流線型滑翔，我就只能迂曲地飛，像隻傻醉鳥。傍晚時分，返家途中，給我碰上「……VOD系統最新研究報告……」，我靈巧地多扇了兩下左翅膀，避過去了。再往前飛飛，「不回來吃……」也給我右移掌舵的尾羽閃過去。飛飛。能成功地閃避那些如針刺的襲擊，由我能看見它們開始。它們一點點如箭般射行，以高速擦過空氣，像打火石相互碰撞般激出明明滅滅的火星。

幾經艱苦飛回老家，吃罷晚餐（無非是幾條虛弱的小蟲），隨即飛到離家不遠的另一個巢區找比我大兩個月的豎毛疏。豎毛疏是他的乳名，原因是早幾個月他剛生下來時頭頂的豎毛十分稀疏，那是體弱的徵兆，他父母甚至擔憂他會否早夭。誰知長成了的豎毛疏，塊頭比誰也要高大，使那自出生便沿用的乳名成了諷刺。笨重的豎毛疏現在比我高大一倍，所以當他一邊聽我細說遭遇一邊用翅膀捧腹大笑時，把樹葉震落了好幾十片的情景，其滑稽處是不難想像的。望著他抖動抓握樹枝的雙腿和笑得連眼淚水也給迫出來了的樣子，我憋著一肚子悶氣，把打算往下說的話（不外是感覺到的、更加無從驗證的體內變化）全收回嘴裡。至於我穿過磨菰形厚黑雲一事，日後更成爲鳥朋友中水餘蟲後的笑柄。

我並沒有過分怪責他們的無知，連自己也無法相信的事情，本來就很難叫其他沒有經歷過的鳥朋友信服。

路茜並沒有回來吃我替她買的日式晚餐，幾件壽司和雜食孤伶伶地躺在黑色漆盒內。飯後，我開始把一個多星期沒清理的《電腦世界》匆匆翻一遍。朋友在A集團工作，研究VOD系統，這則新聞對他有用。我把它剪下來，放進傳眞機的捲盤上，然後在鍵盤上按6595407。我開始收拾已給我翻得亂七八糟的報紙，如家庭主婦般洗濯碗筷，用已重新充電的微型吸塵機吸塵。幾下電話響號之後是一下刺耳的高頻率傳眞響號，我在「啓動」鍵上輕按了一下。家裡沒爐灶，除了一個煲水和煮即食麵用的電板之外，沒有可以弄一頓哪怕是家常便飯的炊具。沒有油煙就容易打掃，我把洗潔精射到已浸含水分的海綿，快手快腳洗抹不鏽鋼碗盆。路茜十三歲便單人匹馬到巴黎浪蕩，也只有一個極洋化、極前衛的家庭才養得出如此獨特的女兒。路茜不懂燒飯，雜菜沙拉還算可以。報紙開始被傳眞機吸捲進去。文字被傳眞掃描器必必巴巴地閱讀。我擰著對衡式煤氣熱水爐，淋了一個熱水花灑浴，用已給微波爐解凍的雪藏雞肉餵飽幾條小花蛇，那是我新近收養的寵物，然後便舒舒服服地回到電腦前工作。報紙在另一邊的輸出口徐徐伸出頭來。我開始編寫一份後天交給客戶的電腦程式，在筆記簿上打了個流程圖草稿。報紙最後掉進接收膠架上。路茜還沒有回來，該算是昨晚還是今早沒有回來呢，大鐘的指針在十二字上重合。傳眞完畢，又是一下長而刺耳的高頻率響號。

2

——新公司的裝修完成了嗎？（好音甜如蜜）

——我已經在那裡辦公了。

——Great，生意好嗎？（出谷黃鸝囀）

——找上門要求編寫程式的人算不上多，但每宗也是大交易。

——你本來就很Smart嘛！（巧笑倩兮）

——呵呵，最開心還是有一家國際性酒店集團，要求我編寫一個可容納數十萬客戶資料的資料庫，眞是——

——唏，我要掛線了，今晚不用等門。

——好的。

——嘟——

地下鐵路的車廂急馳面前，他往掌心的手提電話重重地一按，把接收連電源一併截斷。然後在兩扇車門關閉之前躍進擁擠的車廂內。

3

我離老家三、四個枝丫，另闢了一個巢區，這本應是個十分理想的居住條件。但隨著穿過磨菰形厚黑雲一事後，我便開始變得有點浮躁，心神不屬，彷佛體內正頻密地背著我進行些不知名的革命。

這夜，縱使我把頭鑽到翅膀的最深處，也無法入睡。

我覺得自己有點忽冷忽熱，像感冒。媽說我沒餐家庭飯吃，營養不好，不能老是跑到街上吃館子的。

路茜已連續一個星期沒有早於凌晨三時之前回家，恰巧有幾次我還在工作。每次，我在若無其事背後清楚留意到她滿身酒氣；有時更慵倦得要癱坐沙發看我替她錄影的《包青天》來解酒舒倦，個把小時後才懶洋洋地更衣睡覺。

我繼續工作，任由鬍子亂長，沒有刮掉。

4

那些東西叫電波。

我們的鳥歷史少說也有兩億年，有漫長的進化期來淘汰各種遺存上的缺憾。物競天擇，我們的身體結構與生存環境——天空的配合，可說已接近完美。

人類的歷史那比得上我們源遠流長，遺傳上的局限也委實太多了。我想，其中叫他們又羨又妒的，莫過於他們不長翅膀，不能飛吧（他伸出左翅膀，自我欣賞一番），更嚴重地受地心吸力牽制。只要你看見他們爲突破兩米半的跳高紀錄而雀躍不已，就教你對他們的處境十分同情（他一邊吃小麥一邊說）。同是脊椎動物的大家庭，但人卻偏偏不能飛，最初就依靠我們的鴿族同胞爲他們送信（我從未見過他如此充滿自信的神情）。也好，皇天不負有心人，最後給他們發現了電，用電波傳遞消息，人才活潑起來。說也好笑，他們得花百多年的時間，來彌補一個遺傳上的缺憾。

也可以這樣說吧。從此天空中除了我們之外，還多了電波這東西。當然不會！我們仍然是天空之王，電波又不會與我們爭奪樹丫築巢。他們是辛苦命，在天空來去匆匆，看不見也摸不到。甚麼，哪會這樣，我肯定它們是看不見、摸不到的（他的眼神堅定得不容半分懷疑）。你碰到的，肯定是另一些東西。

在一個不眠的夜晚，我飛到老前輩無不知家裡（我知道他曾經率領幾次季節性的遷徙，每次都飛在最前頭掌舵），與他老人家促膝夜話。疑團解不開，我依然徹夜難眠。現在的夜空除了星星之外，於我，還多了如箭飛馳的閃光，電波。我沒有奢望其他鳥朋友會相信，電波其實比星星更密。

隨便飛飛，我在一棟大廈頂上歇息，對面是一棟幾乎已完全熟睡了的大廈。就只有那例外的一戶人家，還燈火通明。而最惹我注意的，是它正頻繁地發射會把我打痛的那種閃光。我用心默誌了那陽台的位置。

我的日與夜已開始不受自然規律限制。反正我的生活時鐘已適應了五小時的睡眠。公司離家很近，只五分鐘路程。準十時半前回到公司，直至另一個十時半左右才離開，回家再續。凌晨時分的清靜，最適合我處理較複雜的程式。生活規律而尋常，只偶爾找幾位好朋友喝喝夜酒，對已常規化的生活作有限度顛覆。

規律化的生活並不可愛，是給忙碌迫出來的。我嚮往一種遠離城市、瀟灑自由的生活。當然，那是要有路茜在一起的生活。路茜還甜甜地熟睡。她是美麗的，因而嫁予我後仍追求者不絕。我知道她與另一位同事過從甚密後憔悴了好一陣子，但很高興她因為我的憔悴而十分緊張。這印證了她仍愛我，雖然她依然夜歸。

最近，輪到我交了一位新朋友。我賴在床上留心觀察了好幾天，記住了他的外型、大小，再如嘴、爪和羽毛顏色等特徵，然後往電腦百科全書裡找。電腦書說，他是原產於爪哇、蘇門答臘的小文鳥。他不是全白，也沒有黑白灰層次分明的顏色配搭，是隻普通的野生小文鳥。他的體型瘦細，看來是隻還未長成的雛兒。他每天都在陽台的三合土欄杆頂上吱吱叫，卻沒有把路茜吵醒。

對我來說，他與我那幾條小花蛇都是另一種奇妙的存在。面對他們，與我面對資料數據庫、電腦程式流程圖時的心境是一種有趣的對比，對照出兩個不同的世界。

意。

5

——你好嗎？——別走。我輕撫你的羽毛，不過是想跟你打個招呼而已，沒有其他用意。

——你們人類的聲音已夠宏亮了，你站得離我遠一點，我還是聽得見的。

——好，我尊重你的意願。……你既然怕我，又何必每天飛來找我呢？分明是你想跟我這個人做朋友。

——不錯，我正有此意。但信心與信任要慢慢建立。恕我唐突，我可以問一個問題嗎？

——歡迎之至。

——（我用手，在他看來是翅膀的東西，指點方向）那就是電腦嗎？

——不錯，你的見識可不少啊。

——電腦旁邊的大黑盒也是電腦嗎？（我注意到那兩件東西是一道的）

——那是功能更大的中型電腦，也就是……該怎樣解釋才會令你明白呢？……簡而言之，我可以足不出戶，便可以第一時間，在電腦螢光幕上即時得到外國的資料。（他斜眼偷望我的反應）舉例說，假如我需要一些美國的就業數據、失業率、有限公司清盤數目等最新資料以確定下一步的投資策略，我大可安坐家中，在電腦上選擇適用的軟體，再在鍵盤上打入提問（他的手指在鍵盤上噼噼啪啪地作打字狀），循一定的電腦程序，我便可與美國某大學圖書館聯網，即時在電腦螢光幕上讀取所需的數據。當然（他攤開雙手向我聳聳肩），現在只是模擬示範，甚麼也沒看見，因爲電腦還未開啓。然而，這就是中型電腦的功能——是否太複雜了？（他歪著頭問我）

——那就是說，你的電腦與其他電腦的分別，在於你的電腦能發出電波，與很遠很遠，譬如說要飛許多天才能到達的地方聯繫，是嗎？

——百分百準確，你倒也十分聰明。我透過中型電腦網路，與網路可及的地方聯繫，交換資料。這是我們人類資訊技術革命的成果——

——我想確定的是，你家的電腦會發放電波，是嗎？

——你可以這樣說，歸根究柢也是電波的作用。但電波也可以分成可傳聲的和不傳聲的，模擬性電波又不同於數位性電波。而電波接收器的革命——等等，你要知道得這樣深入嗎？

——（我聳聳肩）聽聽也無妨。

——嘿，大複雜了。光纖網路能令資料傳送的速度與容量倍增。舉例說，一本三百頁的英文小說，只需用〇·二七秒便可傳送到另一台電腦上，奇妙吧！

——（他看來有點神氣，令我想起與老前輩無不知談到我們的飛行本領時的神情）那完全是因爲你們不能飛翔罷了。

——也不盡然，我們不能飛，但我們發明了飛機，飛機能飛。

——但你始終沒有機會用身體去接觸大自然的氣流，那種飛行是另一回事。你們的發明只會不斷污染天空，破壞我們的王國。

——電腦網路是看不見、摸不到的，你們依舊可以在天空無拘無束地自由翱翔。

——（他看來有點自以爲是）隨便你怎樣說吧。

——無論如何，很高興能認識你，能和你對話是一次很難得的經驗。

——我與你又不是人類與鳥的第一次對話。你看來讀書不多。（他做了個表示不以爲然的表情）

——是嗎？已有前例？

——一個義大利記者就曾與我們做過訪問。當然，那不是我，是我另一個種族的同胞海鷗先生。

——那記者叫甚麼名字？讓我在電腦上找找看。

——他叫Primo Levi。

6

某天，一個陽光普照的清晨，我體內的變化終於令我在他的陽台上不支昏倒。

除了下痢之外，我左右翼的初列撥風羽和次列撥風羽開始不對稱地脫落（情況與換毛時的對稱脫毛截然不同），連滑翔飛行也出現困難。

「上次的化驗報告出了沒有？」

媽媽叮囑過我不要吃太鮮味的果子，但我又控制不了。這是令我下痢的原因嗎？愈下痢我便愈營養不良，羽毛也脫落得特別厲害。

「對呀，他從前是很活潑的，現在卻只會沉默地縮作一團。」

「有，喉嚨偶爾會發出咕嚕、咕嚕的聲音，像很辛苦。」

昏過去又再醒過來的時候已是躺在一堆乾草上，張開嘴便有清水滴入喉嚨。

「我用一枝已消毒的玻璃吸管餵藥，每次使用前也清洗消毒。」

然後我又昏睡過去。

「鳥也會生癌症?!」

「啊，對，想想也有道理，世界上任何生物都有可能患癌，那不過是細胞變異罷了……

我只是，覺得有點可惜。」

「藥就混進小米裡？明白。」

「不能讓他吃穀物、青菜以外的有味水果，也記下了。」

「只有停止下痢，他才會吸收到營養嗎？」

當我的頸項、翅膀停止脫毛，並且拍翼想試飛時，他替我買來一個圓形的家，讓一根根竹枝把我困在一個既定的空間之內。

我生怕他會飛走並不是想把他收爲籠中鳥，他不能在這虛弱的階段遇到任何凶險；更何況，療程還沒有結束。

我覺得自己的健康情況一天比一天好起來。

7

我傷心失望到了極點，事情往往在看似略有轉機的刹那急轉直下。

今早起床，還以爲他會乘著最近已躍躍欲飛的餘威，比我早起在鞦韆架上閒盪。可惜，期望往往只是教你失望的前奏，用來襯托那情感上的滑落——他死了。

我最初期望他只是昏了過去，於是我用吸管餵水（竟然忘記了消毒，這是事後的懊惱，並把它歸納爲是導致他速死的原因之一。倒果爲因。）、餵流質藥液、把發熱暖管拉到他附近不讓他的身體冷凍。團團轉了半天，只再三驗證——他眞的已經死了。

8

怎樣舉行葬禮，原來是足以令人煞費思量的。

大城市也是個森林，只是它沒有濕軟的泥土。在一棟大廈，二十樓的家裡想怎樣葬一隻鳥的事。有人說用最好的紙包起來，再丟進，不，小心放進——垃圾筒裡。我拒絕了這建議。「垃圾」不能與曾發生感情的質體混在一堆，即使鳥已死，已成爲一個沒有冷暖喜怒的軀體。水葬——放進抽水馬桶裡沖走，更不人道。理由相同，任何與骯髒齷齪混談的東西，都斷然不可接受。不佔據三維空間，摸不到、看不見的感情，在這一刻發揮了最主導的作用，成爲左右思想、進行抉擇的一項重要元素。

最後，我想到城市森林的市肺。我決定把他葬在唯一擁有一大片（？）草地、軟泥的地方去——我們的城市公園。

我一大清早便在城市公園的草坡上選了個遠離行人道的位置，打草坡中心掰開一本書，作閱讀狀；然後靜悄悄地用不鏽鋼湯匙挖了個不大，但有一手掌深的泥洞。我把小文雀由紙棺（一個二十包裝的茶包紙盒）裡拿出來，放到泥洞底，再用一坏坏黃土把泥洞塡滿。沒有包上膠袋或保鮮紙是不希望多此一舉，化作春泥，就讓小鳥回歸我心目中的大自然。飛與不飛，最後還是同一個歸處。

9

我知道我已經死了，因爲我開始從高處看見自己。傻瓜，你再怎樣擦我的胸膛、揉我的翅膀、用暖管暖我的身體也是於事無補的。死亡原來並不痛苦，是猝然而至的。反正我正爲穿過磨菰形厚黑雲以後的變化而懊惱。

我不能不感謝你把我遺下的軀體清清靜靜地埋到青草下面，讓我閒來聽根鬚吸水。我可以想像我那遺下來的軀體將不會寂寞。泥土覺得有用的，泥土拿走；蟲蟲覺得有用的，蟲蟲拿走。化整爲零。

0

我現在是一株會長出小野果的矮灌木。

自那個陽光和煦的早上從泥土裡冒出頭來以後，一個呵欠伸懶腰便生出一雙嫩綠的手臂。露水給我滋潤，陽光曬得我一身古銅色，連手臂也隨膚色的轉變而強壯起來。日復日，再偶逢一場急雨，我指間的葉苗像變戲法般迅速長成爲綠葉，芝麻大小的果實也像吹氣球般，一夜之間長成一個鮮紅漲嫩的無名野果。

再生，並不能用人類的輪迴觀念簡單附會。

我由一隻鳥化生成一株矮小的灌木後，屬於鳥的異質，卻生生不息地託存於我的枝丫、指間嫩葉和作繁衍後代用的野果內。任何饞嘴的鳥吃了，異質就會薪火相傳，蔓生開去。

總會有那樣的一天，在天空裡飛飛，碰上一段段發聲或不發聲的電波而不會感到刺痛的鳥只是絕少數。

廿一世紀，假如城市的天空上再沒有飛鳥，只簡單地因爲鳥兒怕痛，我們的天不再空罷了。

一九九四年十一月

天使的水晶瓶和星星

1

和仔是個怪孩子，這一點我很清楚。關於和仔的檔案，我已看過兩遍。

和仔的怪行都是些瑣事，譬如他愛在課堂上挖鼻孔，把手指頭鑽進鼻孔去，一個圈一個圈地轉。面向同學講書的老師看在眼裡自然噁心，於是罰和仔到洗手間洗手，可和仔的第二個怪行便立刻被發現了。和仔誓死不洗手，不進洗手間。老師把他硬拉進洗手間，他不明所以地發狂哭鬧。老師扯他進去，他就用雙手抓緊門框，死命不從。彷彿把他拉進去，不是洗手，而是行刑殺頭。就這樣，我要安排時間與和仔見見面，發掘怪癖背後的成因，這就是我的責任。

2

小文夏天也穿冬季校服。老師唬他說要罰他了，他還是執拗地穿上冬天長袖校服上課，讓白袖子長長地罩著手臂，再規矩地在手腕旁邊扣上袖口鈕釦。

小文的校服穿得十分整齊，看得出他是洗熨乾淨才穿上回校的。所以小文的罪狀顯然不是手冊上的第六條校規：欠整潔。小文的問題是季節錯亂。老師們翻查校規，原來校規上並沒有注明，夏天一定要穿夏季校服、冬天要穿冬季校服，只有「必須穿整齊校服上學」一項。校規上沒有注明，是因爲大抵沒有正常人會在夏天穿寒衣，十度隆冬穿短袖單衣上課吧？沒有這條校規，又能怪誰。撇開季節錯亂這因素，小文的校服完全符合規格，整潔非常。

檔案報告的最後一段，是小文怪行的謎底。

隨著黑勢力在中學滲透之說甚囂塵上，以及警方反黑組替學校安排了一次滅罪講座後，班主任老師開始懷疑小文加入了黑社會，手臂上有需要用袖子藏起來的針孔或紋身。於是，班主任老師想到要檢查小文的手臂。

老師細心照顧小文的自尊心，沒有叫他把整件衣服脫掉，只是堅持要小文捲起衣袖讓他檢查。結果，老師沒有找到預料中的針孔，也沒有找到含有壞意圖的紋身。他找到一道道如拉長了的大口般的瘀紅印記。紅印記的顏色或濃或淡，横一道，直一道，斑駁俯伏在小文瘦小的手臂上。除此之外，老師還找到一團團呈不規則圓形或橢圓形，向四邊化開去的紫藍色和紫紅色。老師登時給嚇呆了，這不是他精明地預計會找到的結果。他在錯愕中請小文把褲管也捲起，發現小文的小腿原來也默默地重複了手臂上的圖案。

小文來了，就在眼前。檔案照片上的小文有點傻兮兮的。我看他，他也瞪著我，臉上掛著一個生硬的笑容。可以想像當時攝影師正哄他說一個米字。這是第一次見面，眼前的小文沒有了光面照片上的人造光澤，有點黃，輪廓比拍照時嶙峋。

——王志文嗎？

王志文點頭。

——我是陳小姐，坐呀，坐到這裡來吧。

我招手示意小文走進輔導員室，坐到我的面前來。

3

從前有一個天國，天國裡有很多天使。天使生活得自由自在，上帝只要求眾天使日行一善。加多洛是個年輕的小天使，襯托著卷曲短金髮的幼嫩臉龐，透露他只是個剛滿一百歲的新丁。

加多洛興孜孜地做每件善行。例如給缺雨的地方吹送雨雲，給出門會遇上災劫的善良人一次心血來潮，讓他忽然萌生留在家中的念頭。只要加多洛有機會碰上需要施予援手的善良人，也會積極地插手幫上一把。

4

十二歲的孫欣欣由不斷缺課發展至自行停學，她的座位已空出來好幾個星期。陳小梅通知校方並請准後，找到孫欣欣的家裡去。

——我是駐校社工陳小姐，請問孫欣欣在嗎？

一個婦人怯生生地從門後伸出頭來，猶疑是否要把這個陌生人迎進去。鐵閘隆隆地移開，我最終也走進去了。

孫太太給我倒了一杯熱開水，然後悶悶地坐到欣欣旁邊。孫欣欣正畏縮地躲在塡滿雜物的雙疊床下鋪，孫太太還沒跟我說上半句話便開始獨自索氣啜泣。我在惡劣的氣氛下好容易才把孫欣欣哄到身邊，用手溫柔地梳理她的短直髮，親切地問她不上學是否病了。孫欣欣精靈標緻的鵝蛋臉開始扭曲，她哭了。另一個坐在四方摺檯做家課的小妹妹也哭了，嘴巴成了一勾下垂的彎月。

——那沒良心的連親生女兒也搞。

——兩個都搞過。沒……沒人性……

孫太太由靜靜的啜泣變爲悲愴的號啕大哭，邊哭邊把頭狠狠地叩向雙疊床的鐵圓柱。我放開摟著欣欣肩膊的手，走過去勸止。

由雙疊床下鋪回望不遠處站著抽泣的欣欣，發現她那直身裙炫示了一個圓鼓鼓的小腹，洩露了一個關於生命的秘密。

5

加多洛在最初那百多年是幹得挺起勁的。每次成功地幫助了一位善良人，就會教他高興上好幾天，覺得做天使有意思。可是，上帝同時告訴眾天使，天使也有天使的局限。他們不能用異能改變正發生或已發生的事實。萬事有其因果，只能隨順，不能撥逆。

日子十年十年地過去，不斷的實踐令加多洛在成功感與無能爲力之間，發現了更多的無能爲力。時間愈往前走，世界並不一定愈進步。加多洛最害怕碰上戰爭。戰爭最令加多洛喪氣，無能爲力又傷心失望。加多洛既爲眾多的死亡而哭泣，更爲戰爭令潛伏的魔性脫韁而哭泣。

在一位天使朋友的介紹下，加多洛看了一些凡人繪畫他們的畫作。加多洛發現住在長靴國裡的中世紀畫家，幾乎全都把他們畫得神情肅穆。他們愛畫天使，其中有一個叫喬托的，似乎尤其愛畫他們。與耶穌受難有關的受難圖，喬托自然會把他們畫得神情哀慟。可是加多洛發現，在一些與耶穌受難無關的畫作裡，喬托筆下的天使仍然會被畫得肅穆和木然。那種木然甚至可以被解釋爲憂愁憂思。天使普遍被畫得開心快樂，是後來的事了。

加多洛覺得那些皮靴國中世紀畫家更了解天使，起碼較立體地了解他們。其實，又有誰知道，天使其實經常哭泣。

6

「這麼晚了，小梅還沒有回來。」小紅媽說。

小紅爸在昏暗中看報，啊了一聲作同意。

「飯菜都冷了。」窗外夜色開始深沉，小紅媽把另一盞吊燈也撳亮，一室通明。

「小紅看戲不回來吃飯，就三個人嘛，眞不想把餸菜攆來攆去，留來留去。你餓嗎？小紅爸。」彷彿是嚕嚕囌囌的自言自語。

「還可以。」小紅爸仍拿著報紙埋頭閱讀。他常埋怨眼睛不好看得慢。

小梅每次夜歸，小紅媽就會杞人憂天地想出千百種不吉利的可能性。小紅媽拜觀音，求神拜佛令她有安全感。兩個女兒都叫她擔心，尤其是自少便性格孤僻的么女小梅。小紅媽忽然想起今夜還未上香，連忙拉開供奉祖宗的米白色四層木櫃中間一格的抽屜，拿出香枝點燃。小紅媽合上眼，默唸著甚麼，然後虔誠地拜一拜，一炷三枝給觀音；再拜一拜，一炷三枝給紅面關帝；再拜一拜，一炷三枝給祖宗。

門鈴叮噹一響，小紅媽高興地應門。

「小梅，這麼晚呀，吃飯囉。」回來了，小紅媽便安心。

小梅挽著載滿檔案的沉重公事包，踏進門檻即逕往房間走去，把小梅媽的說話留在大廳。房門嘭的一聲閉上。小紅爸的眼睛離開報紙，望一望已響亮地闔上的房門。

「我想休息一下，沒事的。」小紅爸媽隔著房門聽到小梅的回話。

7

天國裡的天使都獲分配一個亮閃閃的水晶瓶。每完成一次善行，天使就會擷下一顆星星放進瓶子裡做記認。會發光的星星，是一粒粒形狀不規則的小石頭。人愛把星星繪成帶角的放射狀，無非是對星星光芒的模擬。

假如你總體上是個有生命力而且看得開的樂天派，即使也曾有過鑽牛角尖的日子，甚至現在也會偶然執拗頑固，你還是屬於第一類。屬於第一類的讀者，請繼續往下看，把這一節，即第7

節看完，然後請略過第8與第9節，直接跳看結尾的第10節。

假如你屬於第二類：看似豁達其實執拗非常；有悲天憫人的心靈，卻對別人的悲哀過分投入以致不能自拔；有個性有稜角卻要……夠了夠了，那請略過以下第7節的文字，直接跳讀第8節及第9節。第9節就是這讀法的收結處。

加多洛的星星一顆一顆地累積，水晶瓶在發光的星星映襯下，本身就成了一顆亮晶晶的星星。加多洛的星星已滿載至樽頸。

加多洛聽過一個關於上帝之子耶穌行善的故事。有一次耶穌向五千人講道，當聽道的信眾也餓了，耶穌向拿著五餅二魚走過的人說：「拿過來給我。」就將五餅二魚分派給五千信眾，把全部人的肚皮都填飽。加多洛翻查資料，很想看清楚五餅二魚如何滿足五千人。不但令他們吃飽，而且剩下的零碎還裝滿十二個籃子哩。可是，這段故事在聖經上出現了四次，也只是說：「擘開餅，遞給門徒。」和「他們都吃，而且吃飽了。」

五餅二魚如何一生二，二生三呢？加多洛一直想知道。五餅二魚是一分爲二，然後餘下的二分之一又生成一呢？抑或是每撕下一小片如粉末的餅碎，被掰開的小片會自動衍變爲一整塊以至無窮無盡的餅塊？加多洛發現，沒有一段文字把過程細節好好地記錄下來。

加多洛對這個故事十分有興趣，因爲五餅二魚謎一樣的幻變本身已充滿魅力。加多洛的瓶子也很有魅力。無論加多洛摘下多少顆星星，每當他把瓶蓋合上，瓶蓋下面的空間也綽綽有餘。加多洛的瓶子永遠有空間。

8

家裡雖然有四個人，小梅、小梅的姊姊小紅、小紅爸媽，但此刻卻鴉雀無聲。小梅與小紅同用一個房間，小紅的床上散放著小紅的衣物、公事包，甚至一雙皮鞋。那是小梅撒的。

寂靜的家裡只有自浴室傳來的花灑聲，以及小紅媽上香拜觀音拜祖宗時觸動物件所產生的零碎雜音。小梅與小紅歇斯底里地吵過一場後，便洗澡。

——地上還有三滴水。

——抹了不是沒有嘛。

——你這是甚麼態度！

——嘿，可以是甚麼態度？我只不過是洗臉後留下幾滴水未抹去而已。

——每次回來衣服都亂放，一點手尾也沒有。你知道我多討厭你！

——喂，容忍是有限度的！

小梅回姊姊小紅以扯著頸筋嘶叫的粗話、哭鬧，以及迎著小紅臉上戳過去的指手劃腳。小梅五內充滿與事由不相稱的躁動，彷彿有一團火要衝出來，而且急不及待得隨便找個不成藉口的藉口便借勢爆發。小梅鬧過後，嘭的一聲把浴室門狠狠閉上，洗澡。小紅被無端痛罵很不暢快，滿心委屈地哭起來。小紅媽雖然看得愁眉深鎖，但她對已絕非偶然的一切無能爲力，只能虔敬地上香。

小紅哭過後靜下來，拿起檯頭那份刊滿人間慘劇的周刊亂翻，入眼盡是無良鴇母餵藥十二歲雛妓賣淫富商涉桃色糾紛綁架後屍首被肢解散置山頭貴利追數滅門禍起……看得她更不暢快，小紅如避瘟疫般丟掉報刊，把遙控手掣對準電視，閃的一下放出播送肥皂劇的畫面。有了電視聲浪的掩護，給剛才那場暴風雨颳得心痛而且胃痛的小紅媽以說話的勇氣。小紅爸也由房間悶悶地走出來。

「她自少便很不開朗。」小紅爸說。

「我總覺得這份工作不適合她，她本來就不是個開朗的人，卻終日要面對有問題的個案。」小紅說。

「哎，誰叫她就喜歡這工作。入大學也只肯挑甚麼工作者來念——」

「是社工呀，媽。」

「別說了，淋浴聲沒有了，她要出來啦。」小紅媽緊張地阻止小紅再往下說。

「忍一下吧，忍她一下吧。你爸和我看著也心痛。」小紅媽趕衝線般再補充一句便閉嘴。

9

加多洛把星星一顆一顆地放進水晶瓶裡，水晶瓶在發光的星星映襯下，本身就是一顆亮晶晶的星星。

加多洛心裡其實一直也有道陰影，而他所害怕的事情終於在某天發生：一顆星星把瓶蓋頂住了。加多洛用雙手環抱水晶瓶，小心翼翼地輕晃一下，星星粒稍微下陷，瓶蓋剛好可以合上。可是，擺在眼前只有兩個可能。總有一天——

（a）水晶瓶的星星又再滿載至瓶口。加多洛再一次小心翼翼地晃一下水晶瓶，可是星星粒沒有下陷。於是，他再將瓶底輕叩桌面，星星粒依然沒有下陷。加多洛只好把瓶蓋合上，然後用力地往下壓。結果，他聽到一陣清脆的碎裂聲。加多洛把水晶瓶拿起來端詳。自瓶口以下的星星，有一半已碎裂。裂解了的星星沒有光芒，成了一堆石頭。

（b）水晶瓶的星星又再滿載至瓶口。加多洛再一次小心翼翼地晃一下水晶瓶，可是星星粒沒有下陷。於是，他將瓶底輕叩桌面，星星粒依然沒有下陷。加多洛只好把瓶子再猛烈地向桌面多叩一兩下。結果，他聽到一下清脆的迸裂聲，水晶瓶爆出幾道長長的裂縫。

10

「珠女，喜歡吃牛肉嗎？」陳小梅笑著問珠女。她爲珠女準備了雞蛋加牛肉的有味飯。

「喜歡。」珠女一邊嘴嚼一邊回答。

陳小梅願意帶保溫飯壺上班，純粹是爲了可以與珠女一同分享由她母親準備的豐富午飯。自家煮的飯餸比不上食肆的飯盒惹味，但勝在新鮮又沒有味精，營養價值高。

「吃完飯還有鮮橙一大個呢。」陳小梅笑著逗珠女。

一大一小，兩個人坐在操場一條讓人看籃球比賽的木板凳上吃午飯。陳小梅凡一、三、五駐校，二、四留守教育署分區總部的辦公室。她決定要在駐校那幾天與珠女一同吃飯，直至她認爲珠女的體重已回升至正常水平爲止。上月份的某周刊，封面是一個坐在一大堆金屬罐前面的老婆婆。老婆婆頭頂脫髮，禿露處有一塊大疤痕，形容憔悴而乾癟。封面標題字是「又老又懵阿婆／竟是老鼠殺手」。

「我買了一套文具，乖乖吃完飯後便給你。」

珠女開心地點頭，笑了。珠女爸爸在礦場工作，得了矽肺病，一家五口靠微薄的公共援助金過活。珠女還有兩個妹妹，以及一個獨居鋅鐵寮屋的祖母。對於珠女的家人，陳小梅無能爲力。

「珠女好像長肉了，更漂亮了。」陳小梅說。

珠女把最後一口飯也嚥下去了，開心地微笑，笑得爛漫可愛，閃出一絲十一歲應有的天眞。珠女的微笑是一種回報，令陳小梅暫時忘卻身心交疲。陳小梅自感已十分疲累，心裡載滿一個又一個的悲情故事，但她知道這份工作她是會一直幹下去的。

「梅姊姊，我想……」

「你想甚麼？」陳小梅停下忙於剝橙皮的雙手，柔柔地側著頭問珠女。

「我想聽故事。」

「好，那簡單，你一邊吃橙一邊聽我講故事吧。」

陳小梅略爲思索。

「好，我就講一個天使的故事。」

「好呀，好呀，我喜歡天使。」

從前有一個天國，天國裡有很多天使。……

一九九五年七月十二日

我有兩個朋友，一個是很富詩意地在秋天出生的王秋生，另一個是他父親望子成才、日後博學多識的胡億知。透過這兩位好友，我立志要寫一組本港開埠以來，最能公平公正地對待買賣股票這題材的小說。

這是第一篇，我會由秋生與股票價格相遇這遭逢說起。秋生有一份正當職業，億知也不是貪錢鬼，然而我城這兩個大好青年就偏偏迷上買賣股票這玩藝。這兩個微不足道的股海散戶，因何有需要及有時間迷上這遊戲？最終的收場如何？暫時不包括在本篇之內。我且把整個大故事的時間叫T，把秋生、億知與股價相遇的遭逢定爲時間零T0，促使他倆買賣股票的原因是T0之前的負數T-1，T-2；至於他倆是賺是蝕等後話，是T0之後的T＋1、T＋2。

今天，只說與T0有關的一切。

秋生一直也沒有放過報章的經濟版，尤其是股票行情版。這些版面通常作對開跨頁處理，沒有彩色或黑白圖片，一連兩至三張，最適合吃飯時用來墊檯面，因爲油墨少，乾淨。現在秋生也用它來墊檯面，但廢物利用之前會先瞄一瞄細細密密的數字行列，記下自己持有的那幾隻股票的價位資料。那兒有全日最高位、最低位、收市價、升跌百分比、十天平均價及五十天平均價等數字。說秋生是瞄一眼，是指他看時並不怎麼熱切，他已看穿數字背後的眞情實況。那些煞有介事的一干材料——上／下限、全日走勢、經紀行推介——都是無甚實質意義的姿態，股價的奧妙在於懸浮半空的不確定不實在，升跌市無跡可尋。

秋生現在清楚知道，股票價格其實虛之又虛，哪怕你在股價機前紮營，死盯著數字的跳動，價位每一分秒升升跌跌的跳動，你根本無從知道。你所能知道的就是那眼見的，已躍現的價位，至於下一刻它是跳升抑或跳跌，就眞是天曉得了。在波動的一整天裡，秋生以至億知並不可能知道哪一個點是全日最高、最低位。眞該死，那麼的不確定不可觸摸，可是它的誘人之處也正正在此。它令你產生期望僥倖買中的成功感。

秋生的朋友億知就是整天與牛頭角順嬸、對面屋七叔一同蹲在銀行股票機前的股壇常客，一邊看價，一邊即時在銀行的證券部下達買賣指示就是他每天的工作，朝十晚四，「比寫字樓工舒服啊」，億知說。然而，即使是億知，也知道股價是不確定、不可預期的。數字一整天地彈跳彈跳、波動、浮動、下滑……，億知便一整天在股價之海裡浮浮沉沉。

題外話，億知的父親在種花養雀之餘也用退休金買點股票，他爲求穩陣妥當，買的都是大藍籌實力股，又或者是較早前由政府推出的盈富基金。

「唏，只要不買孖展[1]不買窩輪[2]就死不了人，最多不過是扮一扮蟹而已。連政府都鼓勵你買啦。」

億知爸說的自然是盈富基金。億知爸很喜歡這個城市：「這裡多好，移甚麼民。隔壁陳老太不是也買買藍籌賺點外快嗎？看她生活得多爽。其實政府眞的不用增加生果金[3]了，都夠用。」

億知爸從前是勞工組織的活躍分子，現在仔大女大，安享晚年，也就淡出工會的活動。現在億知爸有一句很逗的口頭禪：「高位放，低位入呀嘛傻仔。」億知與秋生當然知道那是很外行的散戶很膚淺的見解，他倆是年輕人，比較積極進取，他們會買波幅較大的紅籌、消息股，又或者是近日的科技概念股。他倆知道「高位放，低位入」的規律並不眞正存在，高與低根本不由他們這批跟大隊，搭搭順風車圖點小利的散戶控制。但遊戲仍然繼續。這遊戲考你的機敏，考你夠不夠果斷，又考你的人緣——看你能否交上一兩個有內幕消息的朋友，然後從股價升跌中分享一點點另類友誼。所以別以爲光靠運氣，技術要求還是有的。

王秋生有一份不太討厭也不太熱愛的工作，不如億知般可以隨時看到價位。他的工作環境也不容他明目張膽地在腰間掛一部報價機，買賣股票是他很個人、很私人的樂趣。秋生不久前在銀行開了一個證券買賣戶口，透過電話熱線查詢股價及利用電腦操作的自動化語音系統下達買賣指令。由於秋生不可能隨時看到價位，股價對他來說比億知更玄更虛。在秋生眼中，股價不是作線性波動的，它是一些「點」，無數獨立的「點」「點」，不同的時間切入便會遇上不同的股價，形成不同的「點」。

舉例說，秋生於某空檔（小寫t），如時間t0撥入了熱線電話。在t0的時間位置上，秋生要買入的股票價格是p0。秋生當然不會就在p0入貨，除非是因特殊原因而非即時買入不可，一般來說，秋生會排隊，排稍稍低於p0的p−1、p−2之類的價位，以圖在波幅中在更低位入貨，t0配p−2價位就是秋生的切入點。掛線後，秋生因工作關係要兩至三小時後，如時間t3才有機會再次入線查問進展。一查之下，該股的股價是p−3，比他要入貨的p−2低一個價位，於是秋生蠻有信心地轉換語音功能，查詢之前的交易是否已順利完成。誰知，答案是：你的指示未能完成，已被取消。

秋生最初不明白遊戲規則，很生氣，以爲銀行電腦系統出錯，直到現在成了資深散戶，他才明白道理原來十分簡單，不過是秋生上一次於t0時間選了p−2價位掛線後，該股節節攀升，高位甚至上試p＋4的價位，於是t0配p−2的牌價便排不上隊。假如一段時間後股價仍不回落，t0配p−2的指示便會被電腦自動取消。

而股價的波動幅度就如跟秋生作對一樣，就在秋生的指示給取消了之後，該股的股價掉頭回落，落回秋生的p−2價位，之後又攀升上p＋3的價位……。然而由於屬於t0配p−2的買入指示已被取消，秋生只能望洋興歎。

在這場遊戲裡，一個股價，如p−2不僅是虛質，而且不一定存在，唯有你在t0的時間上一箭把時間與股價雙雙射中，p−2才可以化虛爲實，——證之於你銀行戶口內的存款被實實在在地扣減了。時間、價位，是好微妙的組合。

這樣的一場遊戲令秋生對時間有另一種全新的體驗。秋生一直以為時間是線性的，是延續的，自從買賣股票以後，他自覺見多識廣了，眼前最大的收穫是對時間增多了認識。時間原來可以是獨立的、一個又一個的點，上一個點又不同於下一個點，秋生對一切也感到刺激有趣。時間「點點化」後，秋生的日常生活沒有明顯變化，只是那麼一點點的眼花撩亂，耳目迷糊，心有所屬。走在路上，秋生開始不一定看得見面前有一個垃圾桶，以及有一個伸手向他討錢的流浪漢。天地良心，不完全是錢的問題，秋生開始迷上了充滿不確定，卻又讓他帶著一絲絲冀盼的股票遊戲。

因此，所謂全日最高最低位之類的分析他著實不怎麼愛看，因為它把遊戲寫死了；那場遊戲是活的，完全不是那回事。

還有另一種謬誤，就以二〇〇〇年一月五日股市大瀉一二二六點為例，那的確是一次大跌市，波幅之大甚至可以說是一次小股災。翌日報章不少頭版便誇張地強調小股民哭喪著臉扭曲難看的面容。秋生很氣，覺得同道被醜化了，他又一次發現我城報紙的不眞實。

對於秋生、億知爸這種只用平常心、閒錢來買賣股票的人來說，而且不買孖展，即使大跌市那天他們也吃好睡好，因為秋生明白，只要他不急於蝕放，他就沒有眞正損失。他最多是少了些入貨的流動資金，被迫收心養性好一陣子而已。若說他的心情變化嘛，坦白說，有是有的，是一絲絲不易察覺的失落感，又或者是暗暗地整個心情沉了一沉。但絕對不是如某報以大紅色向下箭咀來宣示的那種情緒——無啦，無啦，甚麼也沒有了——暈倒街頭呀，燒炭呀，——完全不是這回事。

秋生明白他要等待下一次飛升，又是時間問題。

這城市的人都很聰明，尤其是八七股災之後，他們已懂得如何安全地拿捏這個可能令他討點便宜的遊戲。因其不可怕，故而幾乎全城皆買賣股票。而秋生在不貪心、不張揚的狀態下默默地玩他的玩藝，情緒不過是像偷養了一條禁止入口的蜥蜴，反正他沒有嗜好，生活安定，社會又安穩得不用他去關心政治——他把修渠整路，調高調低綜援之類的問題都看成是政治問題。他的心思一如其他人，就在無箇安排處的情況下一頭栽進買賣股票這玩藝上去。因爲謹慎，看來秋生要賠大本的機會很微，他要賠上的不過是他多得無處存放的東西，譬如用以留意股價的心力，又或者是用以塑造希冀、盼望或承受失望的情緒。

走在中環碼頭四月電影節的巨幅宣傳海報下，秋生爲明天每一個懸浮的期望送上衷心的祝福。

（向卡爾維諾致意）

二〇〇〇年三月二十九日

註：

1. 孖展：即Margin，股票交易保證金。
2. 窩輪：即warrant，股票權證。
3. 生果金：自一九七三年起在香港推出的高齡長者津貼。

祝你**旅途**愉快

一

七月，香港。

家中。

大半年前曾經到上環一個文化中心聽講座，因爲對講座的安排及內容十分滿意，會後便即時入會，塡妥表格並交上一年會費。此後，我按時收到該會的活動資料小摺頁。

五月份的資料上說，八月會有一次「寧夏文化考察」。當時已覺得行程及路線十分吸引，很想參加，只可惜在收到資料的前三天，我答應了家客人去澳洲旅行，十天有薪假期用去了一大截，寧夏之旅只好割愛。

五月份澳洲之行回來後，我是確實不打算再去旅行的，要不是澳洲之旅非但未能滿足我對「旅遊」的心靈渴望，還爲我留下一點點的思想疙瘩，我眞的不會選擇用扣薪方式再度外遊。近幾年養成了每年一次遠遊的習慣後，到時候心便會有期待，倒不是高檔得要離開香港才有機會休息，而是一種渴望人生更充實、見識的東西更多元的心靈解放。

上司一番訓示後很不情願地批准了我的請假，於是七月下旬，我以扣薪方式換來了今年的第二次旅程。

我從床頭小櫃的抽屜裡找出文化中心的資料摺頁，把附在上面的參加表格小心翼翼地填妥，然後以先傳眞後寄出的方式報名，以確保萬無一失。

（五月澳洲之旅碰上一件小事，引來心情上的一點兒不暢快。當時不暢快的感覺不見得十分強烈，感感然的卻說不出來。想不到那感覺悄然入心之最深處，以「消失了」的假象「儲存」下來，直接促成今日要去寧夏的決定。

寧夏之旅是按自己意願挑選的，我期待新的一次旅途能帶來新體驗，撫平內心深處那一點點的疙瘩。）

二

五月，澳洲。

昆士蘭。

五月的澳洲行因妹妹而來。

妹妹把工作辭掉，決定要闖天下，自己搞生意。她說，三十而立，要好好珍惜餘下的青春與光陰。在經營不景氣的大氣氛下，她的決定未免帶三分冒險。

妹妹說懂得賺錢以來從未與父母外遊，於是在正式闖天下之前先還個小心願——請父母去一次旅遊。她一個顧不上兩個，於是我這個姊姊義不容辭。

澳洲，一個歷史背景不深的國家，昆士蘭一省盡是藍天白雲，不但空氣清新，氣候宜人，徹頭徹尾就是一個度假區。七天旅程不過是看看剪羊毛（對了，就是剪羊毛）、土著表演歌舞，去大堡礁看珊瑚，到動物園看澳洲特有的動物。此外，還在華納片場花掉一整天的時間。父親在看一套3D動畫片時睡著了，看來睡得特別甜，並未有給配合立體畫面的輕微灑水以及前前後後淚動的喝采歡呼聲驚醒。

「像眞的一樣呀，像眞的一樣呀！」散場時不少人還在雀躍地議論紛紛。

無論如何，總體來說旅途是既舒服而又愉快的（是的，但它又不是我全部感覺）。

在旅途結束的前一天，香港隨團出發的全陪導遊阿文循例地問問「旅途愉快嗎？」之類的問題，他當然知道答案是怎樣的啦。在這樣的一個富裕國家裡度假，而途中又沒有出過甚麼差錯，可以有不滿意嗎。既善解人意又賣力的阿文收回預計中的答案後，忽發肺腑之言：「現在問團友對行程滿不滿意，滿意度的標準大多是『好好玩呀』，而不是『我長見識了』。」他說入行十年，見證著客人的要求及公司政策的變化。阿文還說：「對，每人奉送澳洲鮑魚半磅。」私下閒聊，阿文說：「香港的旅行社進行自殺式的減價送禮戰，好危險。團費愈來愈低，市道再不好轉，肯定不久後就會有多家旅行社倒閉。」阿文看來還未到三十，菸抽得特別狠。

與妹妹選上了成行的這一團，是因爲此團乃唯一在七天之中只需要到一次主題遊樂場的旅行團。

「嘩，迪士尼又大又悶。一次就夠數啦。」這是父親去年到美國探親回來後說的。同是澳洲昆士蘭團，有些是七天行程中至少要去兩至三次遊樂場或甚麼片場的，而且一待就一整天，好嚇人（然而，萬萬想不到我避開了遊樂場，卻避不了另一個危機，死在一個農莊的手上）。

（羊。我記起來了，是羊，剪羊毛。）

三

五月，澳洲。

昆士蘭。

Australian Woolshed農莊。

Australian Woolshed是一個專供遊客玩耍的「假」農莊。旅程第一天的早上，一團人就去看剪羊毛。農莊裡的羊已不是因放牧而飼養，純粹供「請參觀」之用。假農場乾乾淨淨，綠草如茵，從豪華旅遊車下來後隨領隊往裡面走，心情輕輕鬆鬆的沒有任何防範。（來澳洲度假又不是到印度觀光，我沒有做好心理準備。）

「各位團友，來，我們先看剪羊毛，暫時不要跟袋鼠拍照了，還會有其他旅遊團陸續到來的。先挑個好位置坐下來，表演很快就要開始啦。」聽領隊話匆匆入座，我們挑了正對表演台的位置。滿滿地坐了幾十人後，兩個作牧場工人打扮的表演者登場，一輪介紹之後羊隻逐一出場，Bluery，Dorset horn，Lincoln，好乖好純地打舞台兩邊的梯級往台上走去，也不理我們的閃光燈，有規有矩地站到印上自己種類名稱的木牌前面。從未如此近距離地看一隻隻長了厚毛的大肥羊，心好興奮。（來澳洲度假又不是到印度觀光，我的確沒有做好心理準備。）羊兒一身暗灰色厚毛，看來是很久沒有修剪過了，是表演「羊毛」的示範羊。

終於，開始剪羊毛了。

（羊。我記起來了，是羊，剪羊毛。）

一隻羊給硬拖出來——羊走到台中間便停下腳步。三兩下手勢，羊的上肢被剪羊毛工人扯起，下肢給工人用雙腳拑住。爲了表演技術的熟練及時間之快速，剪羊毛工人的電剃刀飛也似地在小羊身上肆意縱橫，手起刀落，小羊身上給劃下一道一道赤痕。此時我才發覺（赫然驚覺），小羊身上的毛其實不長，肯定是不久前才被剪過一次——那牠就是表演「剪羊毛」的示範羊。小羊可能是在品種、體型及年齡上的關係，與牠的同伴不幸地給選上「表演」「被剪」，不斷地公開被剪，不斷地被剪，剪呀剪（刀來刀往，羊毛飛落，我的心也給剪得七零八落）。不到三分鐘（好長好長的三分鐘）羊給剪光了。工人用手在小羊身上猛力地擦來擦去，「see」他腳拑羊身，向我們攤開手掌，表示剪得那麼快，可羊身上卻沒流一滴血。（不，我坐得太近了，我看見一道一道暗暗的赤痕。）工人把羊放開之後，重拍了羊屁股一下，示意小羊可以走入後台，小羊卻四蹄發抖，兩條前腿軟答答跪倒在台上。

（一陣陣鼓掌的啪啪聲中，我失魂落魄。）

之後，所有人被安排去看牧羊狗趕羊——同樣是一場「表演」。在一個人爲的特定環境裡，牧羊狗vs.羊群。狗一邊尖聲嘷叫，一邊把羊群分流、趕入不同羊欄。同場加演的，是狗從羊群背項上跑過的絕技。

每一隻看羊狗「進場表演」的次序由「扮演」牧場工人的人員安排。其中一人以水喉鐵管做指揮棒，當眾「表演」甚麼叫權威：他把一隻狗叫出來，待狗兒走不過兩步又把牠叫回來，狗在不知所措下跌坐地上，（我默默地看見了）四肢在作勢要打到牠身上去的水喉鐵管下發抖。

之後，還有「玩」餵羊奶。只要你手拿奶瓶子，還在幼兒階段的小羊就會緊跟著你，當小小羊專注地仰頭啜奶時，我們，遊客，就可以拍照留念。（我按「遊客」身分做了該做的指定動作，拍照。心裡又多了一個疙瘩。）都是故意不給餵飽的幼羊，一隻一隻，好多隻（小羊、小狗與小貓本來就像小人兒）。之後，沿途還碰上眼白混濁蠟黃，神情呆滯，走得好慢好慢的袋鼠。袋鼠不怕人，你蹲在牠身邊拍照，牠就遲緩地把頭垂向你的手掌心，討吃。

都是兒童動畫片種下的禍根。在動畫片裡，農莊裡的羊與牛是用來擠牛奶的——我們不會看見一片片羊肉、牛肉；馬是用來拉車的——那時不會問，老去的馬兒會有甚麼下場：總之，與殺戮無關。（我並沒有做好心理準備。）

好囉，甚麼表演都完了，我第一個逃離農莊，像逃出一個屠場。農莊一帶綠意盎然，配以碧藍無塵的天空，富裕而美麗的澳洲昆士蘭，空氣總應該是甜的。我站在草坪上深深地倒抽一口涼氣。

（人算總不如天算。我只知道要逃避主題遊樂場，卻萬萬想不到，我原來還該逃避動物農莊。）

四

八月，中國，寧夏回族自治區。

中衛市。

酒店房間內。

都說寧夏是個窮窩窩，來之前已做好心理準備，吃與住都不會有甚麼要求，也無懼全程廁所有九成是旱廁。可是，想不到離開了寧夏最繁華的首府銀川，在中衛這個小小的縣城裡，竟會有這麼好的一家酒店。乾淨的房間，乾淨的浴室洗手間，床單地毯沒有半個菸蒂焦痕，不是四、五星級酒店的豪華，是舒服的樸素潔淨。

我喜歡自然風，關掉冷氣，拉開半邊窗，把小茶几移至窗前權充書桌，泡一杯酒店備用的香茶，開開心心地挑燈夜讀，看在寧夏一地購買的新書。

今年入六盤山自然保護區，去了涼殿峽、野荷谷及老龍潭幾個景點。以景觀的奇麗爲準則，涼殿峽看來是最不起眼的一個。然而，雖說談不上有甚麼特別，但涼殿峽一帶峰巒蒼翠，山峽一個接一個的，薄霧繚繞，也自有一番勝景。可是原來涼殿峽之所以是一個景點，不在於景觀而在於歷史。書說，成吉思汗跨越六盤山山脈攻西夏途中，病死深山，其子忽必烈秘不發喪，讓士兵一鼓作氣，越山障而陷西夏。涼殿峽區內某地，就是成吉思汗的葬身之處。忽必烈可能因喪父之痛而恨極西夏人，進城後見人就殺，趕盡殺絕。西夏被元朝覆滅，從此在歷史上消失。遺民散居各地，與異族通婚，幾代下來，連西夏人也不存在了，更莫說會有人通西夏文字。……

書一頁一頁地翻看，時間一分一秒地過去。夜愈深，窗外的風愈大，窗戶也愈關愈小。臨睡前把指尖在桌面上輕輕一掃，指頭即沾了一層薄粉，是寧夏黃土高坡吹來的細沙。

寧夏，你可以從不同方面感受它的存在。

（沒有遊樂場，沒有了假農莊，呵呵，我避開了充滿表演成分的旅遊方式。）

五

八月，中國，寧夏回族自治區。

須彌山石窟。

由一個石洞到另一個石洞。

這是一次文化考察，主、協辦機構遂找來了寧夏文物局的研究員陳小姐隨團講解。出發的第一天，陳小姐已爲日後的八天遊程勾勒框架，提醒我們以青銅文化、絲路文化、西夏文化、回教文化四條線索爲綱領，用以總結日後的八天行程。只要提綱挈領，即使隨後的行程如何緊湊，過眼的事物也不易混淆。我照著做了，發現效果奇佳。有了一整幅圖象，大局就撐得開去，條理分明，線與線之間還可以互相生發。

陳小姐念考古，碩士論文是爲石窟佛像分類，以特性歸類來爲佛像定年斷代，她更因此而在須彌山住過半年。今天舊地重臨，陳小姐解說得特別有興致。於是，這次行程感受最深刻的，除了是寧夏多元的自然地貌、伊斯蘭及回族文化之外，就是在陳小姐的輔導下，開始領悟不同年代之間佛像的不同形態。北魏與北周相隔不過二十多年，可是佛像已各具不同特色，更莫說與唐代佛像的分別了。都說唐佛像體態豐腴，原來北周的佛像也相當豐滿，只是彼此胖起來的風格不同而已。假如不是親眼看過一次，用眼睛及心靈細意感受他們的形態，光憑文字，再翔實的描述也難以道盡箇中差異。那是一種心領神會的明瞭。而實物觀賞後再輔以即晚的書本閱讀，就更加相得益彰。

一如既往，我每到一處都會買些當地出版的大、小書籍，看石窟佛像、洞內壁畫更不能不如此。原因是除了個別露天的大型佛像之外，深藏洞內的一切都不可拍照，於是書便不能不買，只有當地出版社才有權把文物拍攝下來。看著讀著，就會心滿意足。

作爲一個商業社會裡的城市人，我們要上班要工作，每年只得有限定的有薪假期，在有限的假期裡要看最多的東西，跟團外遊成了唯一選擇。我不會埋怨行程匆匆，早便做好「當面」與「書面」旅遊並行的心理準備。

（旅客除了要有行裝上的準備之外，很多人都不大爲意，其實還需要有心靈上的準備。城市生活有百般方便，代價是把我們塑造成徹頭徹尾的「城市人」，就是縱然有外遊的機會，已不一定懂得培養「遊」的心靈空間。所以，可別小看這「心靈準備」；有時，它比收拾行李困難多了。）

六

五月，澳洲。

昆士蘭。

步行往晚餐餐館途中。

看來，我城的女士特別喜歡外遊。

隨團出發的全陪阿文說，十年來的男女外遊比例一直是女多男少，一般是七三之比。阿文打趣說，在我城，做女人比男人幸福囉，他下一世也要做女人。此團也以女人佔大多數，七天行程也以一群上了年紀的太太們表現得最有遊興，此刻，她們正興致勃勃地玩起「對比遊戲」。用作對比的話題由農莊開始，最後扯到動物園上去。

「呵呵，人家美國國家動物園不是這樣的……」戰書一發，幾位太太包括家母在內的作戰觸鬚即時霍然勃起，不到半秒鐘，各人便做好群起還擊的作戰準備。

「唏，夏威夷好很多，車也不多一輛，動物過馬路你還要停下來讓牠先走呢……」

「你一定未去過……」

（最初以爲這都是富貴豪華團惹來的禍，是它「蠱惑人心」，用一種氣氛誘惑各人炫耀那或眞或假的富貴。可後來才知道，無可抵賴，人類最大的敵人，是我們自己而已。）

我和妹妹怕極了「戰爭」，炮彈一發，我倆便鬆開挽著母親的手臂，竄入沒有戰事的大後方，遙看富貴者導彈的東飛西竄。

（面對動物，人類擁有終極權力。純良的小羊、小袋鼠、小狗當然要害怕我們人類了——也著實應該害怕。可是最意想不到的，是原來我在旅途中還該害怕一下「自己」——人類。人，我們自己，可以做出最殺風景的事情，與主題遊樂場、動物農莊無尤。）

七

八月，中國，寧夏回族自治區，以及寧夏最南端接壤的甘肅省平涼市。

途中。

任何時間，隨時隨地。

我一個人上路，除了保持一定的禮貌外，會刻意顯得不怎麼愛說話。我固然不想惹人討厭，卻更不想惹來太多的應酬。以平涼的南石窟寺爲例，車停後我們還得走近一小時的碎石路才到達目的地。步行途中，我樂得清清靜靜地漫看兩旁山嶺的形態、紅沙土上的窯戶，還有高粱田、田間的孩童等等，一個人獨佔的空間是最大的空間。

雖然我不愛說話，也不特別留意其他人，但憑午飯及晚飯時間的同檯吃飯，足以令敏感的我大概揣摩到部分團友的個性。其中以一對上了年紀的退休夫婦及幾位三十來歲的男士，給我留下深刻的印象。

（不是富貴豪華團，又沒有誘人炫耀的氣氛，一切也無可抵賴。責任在我們自己身上。）

團裡有一對退休夫婦，男的從前是西醫，女的也知書識墨，都讀過不少書。在那個年代可以有這樣的條件，大概是出自有點祖蔭的大家庭。平日交往，夫婦二人健談之餘彬彬有禮，上車上船從不爭先恐後。平平常常的一對夫婦不會教人特別留意，直至以下一些小事發生。

行程第四天，我們遊青銅峽的一百零八塔。要由黃河的一邊，乘小快艇至河的對岸。我與夫婦二人同船，上岸後便在渡頭等另外幾班快艇的到來。此時，在我背後忽然響起一串串嘰哩咕嚕的普通話，原來是碰上了一些台灣觀光客。醫生先生的舌頭捲得特別厲害。

「時間的『時』字你們台灣人唸得特別不準確，」醫生先生在糾正一位台灣客的發音（簡直是驚心動魄），「你來唸一遍——『時』——圓唇、捲舌」（我聽得出醫生先生顧得上一個「時」字，便顧不上另外的一些字，卻大模大樣地用半桶水的普通話教幾位身材魁梧的台灣客講國語），「——時間的『時』——」。幾位帶閩南口音的台灣客爽朗地哈哈大笑，「也顧不上啦，能明白就行。」沒有認眞看待醫生先生的教授。

（嚇我一跳，也爲同是我城人而羞得幾乎無地自容）我怕得遠遠地站到另一邊去，裝作不是同團的，彼此各不相識。

我想起來了，有幾次與夫婦二人同檯吃飯，醫生先生顯得求知慾特強，不是問菜餚的名堂，就是問烹調方法。我忽然明白，他意在表演「問」，倒不一定在意侍應生的答。

日復日地同行，發現原來醫生太太也毫不簡單。

醫生太太友善而主動，不時聽見她邀約才剛認識的團友回港後一起上茶樓喝茶。「加拿大的冬天太冷了，我一年起碼有一半時間在香港，你很容易便找到我。」於是就眞的交換起電話住址來。

她的主動還見諸來回平涼南石窟寺的漫漫長路上。她特意勾著一位女團友的手臂說悄悄話，也大概是想別人看出她倆親密得要說悄悄話，好幾次煞有介事地超前或落後於大隊，沒完沒了地說個不停。她人緣好是誰也知道的，可幸她還沒有意思要搭上我——的手臂，我暗自大喜。

又有一次，我們在一家由裝潢以至衛生條件也屬一般的飯店內吃晚飯。飯店殷勤款待，讓我們每一飯桌佔用一間廂房，還有兩三個女侍應專門侍候。席間，醫生太太的話又來了。「哎呀，眞落後，哪裡還有人用這方式侍候客人的呀。」醫生太太知道服務員不會聽廣東話，就肆無忌憚地批評起服務來。

我正想爲這種服務形式申辯，醫生太太隨即接著說：「以前我家的下人『妹仔』才這樣做的呀，」我即時把想說的話吞回肚裡，「他呀，」醫生太太指指他身旁的丈夫，「他一回家，一隻腳就擱到蹲下身替他另一隻腳換鞋的『妹仔』肩上去了……」我開始明白她醉翁之意不在酒，於是默默地繼續吃我那一碗飯（我又再次給嚇一跳。一種逃避、逃離戰場的感覺又來了）。

（那時心想，都是「老人家」所爲。任他倆都保養得精神奕奕，衣飾也刻意穿戴得不顯老，可是他們的「心」卻出賣了他們。無非是半生富貴，晚年享福，一份對人生已勝券在握的倨傲出賣了他們。老氣橫秋。

當然，我是後來才知道，原來一切又與年齡無關。）

八

八月，中國，寧夏回族自治區，以及甘肅省平涼市。

行程的倒數第二天。

車由甘肅平涼北上，入寧夏向首府銀川開去。

九天行程已走到第八天，雖說難免有一兩宗「嚇人的小事」，但瑕不掩瑜，寧夏値得看的文物景色比我預期中豐富，心情也就沒有給一宗宗小事拉下去。選擇了這樣的一個旅行團，的確令我得以逃離充滿「表演」氣味的一種旅行（我後來才知道，我逃得過旅遊方式，卻逃不過——人）。

今天，是行程中行車時間最長的一天，我已準備好了在安靜的車廂內看看風景，也閉目小睡。畢竟，過去七天並不輕鬆，體力消耗量大，不少人已露疲態。然而，就在今天（要來的終於來了），避無可避，事情終於發生了。

其實，一切已點點滴滴地漸露端倪，只是每一小宗小事獨立起來都彷彿是別人的私事，於旁人無關，旁人也就不會過問也不會上心。

記得某天午飯時，席間幾位三十來歲的男團友大肆批評香港的科技教育如何不濟，說來義正詞嚴（第一次對他們有點印象），令人肅然起敬。當時心想，大概是幾個未免有點偏激，卻不失爲有原則的教育工作者吧。那天，即使飯吃完了，上車了，到達景點了，也下車向目的地走過去了，狠批還未完結。內容更由對香港教育制度之不滿，擴而張之至對校長、老師的迂腐保守不滿……。（當時已覺得話已說得過了頭。也無所謂吧，年輕人有點銳氣總比庸庸碌碌好。）

之後，出現了一些不太擾人的起鬨。話說，某日至賀蘭山觀岩畫，由於原路給大水沖散，導遊與導師都辛苦地四出搜尋不知散置何方的岩畫。忽然，飛來一句響亮的英語：「Hay, come on guy, animals have sex.」

是其中一堆以馬爲主題的岩畫。

我想，他們大概沒有見過希臘代表豐收、身上掛了兩三排乳房的多奶神吧。性與性器官，是上古先民慣用的素材。之後，我發現幾位狠批香港科技教育的男子當中的某一位特別逗（他的名字當時就沒有記下來，以後也不打算查明），一激動起來就說英語，據知是在美國約念過幾年電腦課程的，他把自己也看成半個「鬼佬」。（我在學習對不同人多一分包容，並嘗試用減少挑剔來消滅問題。）

旅程再走下去，幾位男子開始非偶發性地不守時，在有歷史背景的景點暴露了他們對中國歷史的一知半解或無意深究，以及不管去到哪裡，談的仍然是老話題科技問題等等。又多過一兩天，才入夜（我不是要說《鬼谷怪談》），幾位男子就會露出一副悶懨懨的呆相，急巴巴地要去逛夜市尋熱鬧。寧夏與沿海先富起來的省市相比，偏遠而落後，首府銀川入夜也冷清清的，更何況銀川以外的小城鎮，可以鬧到哪裡去呢？所謂夜市，也不過是一兩條胡亂地擺著攤檔的小街而已。即使用最慢的速度，不出半小時也就走完。（他們晚上又不用補看日間的資料。）

「昨晚又喝酒了嗎？」從團友與幾位男子的對答中，知道他們逛完夜市之後仍意猶未盡，得找其他團友把酒共話好一陣子才罷休（有些人，在旅途中逃得過工作，逃得過工作壓力，逃得過煩人瑣事，卻逃不過自己）。這些都是很個人的行爲，明天因宿醉而體力不支，少走幾步、少看了風景是他們個人的事，對其他人根本沒有影響。直至，他們要「搶」車上的擴音器爲止（教人避無可避）。

話說，這天是車程較長的一天，導遊及領隊好心地不打算用擴音器多說些甚麼，讓已疲態漸露的一團人好好休息。然而，大概是有人已憋了好幾天，再也按捺不住了（就是他們。城市人習慣了以熱鬧爲歡樂，沒有嘻嘻哈哈的寂靜，等如不快樂）。於是，激動起來會說英語的那名男子拉了一位女團友，從座位裡走出來，拿起車上的擴音器，說要搞搞氣氛（「至緊要好玩」）——他們不要一個人、一小堆人來玩，要全車的人也玩。

玩甚麼呢？玩唱流行曲。劉德華、郭富城，甚至鄭少秋的歌也唱過了。

「誰，該到誰唱了？」一輪喧譁，「沒有人敢站出來我就繼續唱下去，哈哈，你們活受罪。」又是一輪喧譁。

正當聒耳的歌聲大作之際，車自平涼的黃土高坡經崆峒山而入六盤山，地貌在短短兩個多小時內變了幾次，是寧夏矛盾又典型的地理組合。行長途車，不一定有景可觀，但是此次寧夏之旅自北向南走，再由南向北走，一來一回，只要你留心窗外景物，已實地上了一趟地理課。

穿越不同地貌，人坐車中，眼睛就在旅遊。

「不唱了，不唱了，」男子已唱膩了，但遊戲繼續。「我們玩續句子。」

（是我最討厭的）「寧夏個夏呀，夏枯草個草，草屋個屋……」

擴音器傳到我手上，我當然拒絕了他們的好意，別個頭去看窗外風光。

「不行，不行，你輸了。」「我沒有輸。」「輸了就是輸了。」（車的後半部傳來一陣陣的喧嚷）「罰。」「對了，要罰。」「罰唱歌。」「我不懂唱歌。」「扮豬叫，噶噶。」（好聒耳的一陣喧譁）「我不扮。」「扮狗叫，汪汪。」「我不扮。」（汪汪，狗吠聲由遠而近）「還是唱歌吧。」「不懂唱歌。」「那唱遊，我唱你遊。」（汪汪）「不懂遊。」「寧夏最多羊，扮羊叫。」「咩咩。」（咩咩，聲音由遠而近）「多叫兩下。」

咩咩。汪汪。

一隻啡黑色小狼狗蹲到我身邊。牠抬起尖小的狗頭看我，仰面喔噢、喔噢地悲鳴，像在細訴些甚麼，小尾巴不住地搖。

「咩咩，多扮兩聲。」咩咩。

小羊乖乖地站到我座位的另一邊。抬起純善可欺的白羊頭看我，是有事相求。

「我自己會出來，不要拉我，我的衣服縐了！」（車廂內一片混亂）不多久，雞拍拍翅膀也飛來了，之後，馬來了，豬也來了。馬正對著我，把長面擱到我面前的高椅背上，看我與小狗、小羊，車廂內都是動物。

「別扯，別扯，我就表演一個節目。」喧鬧聲中車廂內一片混亂，羊毛工人乘亂搶走靠在我身邊的小羊，把小羊硬拉到車廂的最前面。他熟練地用雙腳拑著羊身，手起刀落，一下一下地剷起羊毛來（又是一陣喧譁）。

羊毛給一片一片地從羊身上剷下來，羊腿不斷發抖，羊毛碎屑在車廂內亂飛。一陣一陣的羊毛飛落，一陣一陣的飛羊毛如絮。

咩咩。咩咩。

我和小狗、小豬、小馬……緊湊在一起，無奈而難堪地看著小羊任羊毛工人魚肉。

我們都逃不過——人。

一九九九年十月

另一類 **悠長** 假期

□

一切都來得十分偶然，又十分突然。

菲傭瑪利亞做了兩件錯事：第一，誤把一封收件人是我丈夫龐啓明的問候卡郵件封口拆開了。那幾天剛好是瑪利亞的生日，她切望著老家寄來片言隻字。第二，瑪利亞事後不該隱過畏罪，沒有向我丈夫坦白交代。她以爲卡類函件的私隱程度遠低於塡滿方塊字的信件。她打算混水摸魚，蒙混過關。

陰錯陽差下，啓明以爲封口是我拆的，把我的忙碌透頂解讀爲對他的懲罰——冷漠，找來一個大家都沒有應酬的晚上，幽幽地和盤托出他和發卡女人的關係。不知情猶自可，一聽之下，我怒不可遏。原來再新再現代的女性也會吃醋，我完全沒有掩飾自己的憤怒。當晚，草草收拾了一兩件衣物，手挽notebook電腦，一些文件及磁碟，——離家出走。

三更半夜，好夢正酣，竟然傳來門鈴聲。我告訴自己，發夢，不是眞的。直至整整七、八分鐘之後，我才面對現實。正想一打開門劈頭便罵，誰知原來是美亞。也不待我說請進，便嘩的一聲哭出來，自己奪門而進。

「啓明有了別的女人。」

我手足無措，不知如何是好，「三更半夜，眞的給你嚇一跳，幸而今晚沒有男人。」

看來美亞並不欣賞我的幽默，只見她慘慘淡淡：「暫時請甚麼也別問，我甚麼也不想說。」

就這樣，我無從贊成或反對，美亞便闖進了我獨佔的蝸居。

離家出走後，我便寄宿摯友蘇珊家中，不接聽任何電話，最後連班也索性不上了，正埋首的健康飲品廣告就交給最信任的助手米高處理。反正，廣告公司是我的，沒有人干涉我上不上班。

給丈夫突如其來的一擊，我方寸大亂，有好幾個晚上，輾轉反側，半睡半醒間心心不忿地想像那女人的容貌：曲髮（相對於我那沒有女人味的直短髮）、豐滿迷人（我也許不該穿太多線條硬朗的上班服）。總之，是一個可以把我比下去的女人。啓明不要我了。一想到他擁抱另一個女人時的快感，我的心就冒火了。我已經不是啓明最親近的人。我感到失掉了的，不單是給分出去了的啓明，而是一份無以名狀的感覺。

忽然間，我像一無所有。

美亞是我的中學兼大學同學，雖然在大學不同系，卻四年中有三年同宿舍，感情特別好。美亞畢業後，事業愛情兩得意，不知羨煞多少旁人。在朋友眼中，他倆代表了廿一世紀的婚姻關係。而她，更成爲朋友心中暗暗歆羨的時代新女性楷模。

我二十九歲嫁予三十八歲的龐啓明，十年婚姻，風平浪靜，彼此得以全力開拓自己的事業，換來滿足感、成功感、自信，與一千多呎的半山幽居；還有，兩家讓我們繼續各自努力的小書房。至於可以眺望維多利亞海港的露台，菲傭比我倆有更多時間享用。我們沒有生兒育女，這是婚前的雙方協議。啓明身爲大銀行基金部的投資總裁，應酬特別多，婚前如此，婚後亦然。我卻從來沒有半句過問，我們給予雙方最大的自由。

可是，「自由」，我到現在才領教這詞的分量，我對它的理解原來欠了點「實踐性」的血肉。它像一面鏡子，照見了我與啓明的婚姻，以至我自己的殘缺不全。

與身邊一些平庸安分的已婚女朋友相比，我覺得自己心胸眼界都比她們開闊。我比她們幸福。然而啓明這事，把我從高人一等的傲慢貶謫回同受七情六慾操控的凡間，我並不超然。自我價值是一張環環相扣的網，一子錯，滿盤皆落索。失掉啓明，我失掉自信，失掉幹勁，也失掉自我價值——我不過是個會因第三者的介入而崩潰的女人。從前令我產生過優越感的東西，彷彿都是過眼雲煙。

我想了很多，愈想愈亂，不安與空虛一點一點地擴大。

美亞就這樣賴在我家中不走，我看她頭也不梳飯也不吃，悶悶不樂得快要鬱出病來，便翻箱倒籠搜出私人珍藏地日本流行劇VCD，一盒盒擲到她軟答答地攤睡的床上。

——你就給我好好地全部看完。人靚景靚，醒神養眼，總比你悶得發霉好。根據專家意見，三十五至五十歲的夫婦最易有婚外情，全世界又不是只有你一個人有婚姻危機。你看你，還配是個女強人嗎？逐你出會，簡直失禮我輩女強中人……。

在蘇珊的一輪機關鎗子彈轟炸下，反正百無聊賴，我便一套一套地熬起來，我已失去反抗的興致。當然，實在沒心思看的，我會用遙控器飛掉。直至遇上一齣叫《悠長假期》[1]的，登時眼前一亮，一集一集出神地看起來。我用了整整十個小時，一口氣把它看完。點題的劇名有另一層寓意：在不稱心、不得意的日子裡，就當是上帝給你悠長假期。人，總不成每一刻都在衝線狀態。

於是，我趁蘇珊的大假一天也沒用過，以好友身分要脅——我受傷了，心情不好，你放心我一個人上路嗎？——迫蘇珊陪我眞的去了一趟旅行。

□

幸而雜誌社並不太忙，月刊下兩期的人物專訪我已交稿，更難得是女總編體諒——爲朋友，夠義氣。Susan，我就欣賞你這一點。——不但即批了沒按規定事前申請的十五天大假，而且只要我正式放假前兩三天通知雜誌社便可。

有關旅行的一切，如比較行程呀格價呀，由我一手包辦。只是開茶會那天，我硬把渾渾噩噩的美亞也拉去了，因爲我這個人粗心大意，實在不能完全信任自己。

怎會由個「老頭」來帶團的？

他說自己叫楊彼得，沒有說自己已多大。只見他：發灰的、不明亮的眼珠，略胖的身材，加一個誇張的大肚腩；還有，半頭華髮。跑這團的路線並不舒服呀，怎會由這種狀態的人來帶隊的。我有點好奇。

我們報名參加了北非摩洛哥、葡萄牙、西班牙十五天團。我本來就打算放假，美亞的出現令我「名利」雙收——既得總編稱讚，旅費由收入比我高的美亞承包。我應得。

行程首天在飛機上及轉機的阿姆斯特丹機場度過，雖然已身在楚途，但心仍在漢。蘇珊讓我坐到靠窗的位置，她坐中間，坐在她旁邊的團友就由她來應酬。十三小時的長途飛機，不睡或不裝睡的時候，就往窗外望，看那藍也好白也好，無非一派空洞的窗外。我的心情與飛機同，無依地縹緲半空。那會是個怎麼樣的女人呢？

臨近四十的關口，才突如其來的一擊，戛然止住了順暢的人生。被動地停了下來，我想了很多，與啟明有關的，又或者與啟明無直接關係的。

問題愈挖愈複雜，最後，質疑得最多、想得最多的，是自己。我向自己提了許多問題，例如，若沒有了啟明，沒有了現在這個家，要我從頭再起，我可以帶上路的，我高美亞內在的、眞正擁有的，究竟是甚麼？我想知道答案。

□

也許，旅行眞的可以療傷。在飛機上還悶懨懨的美亞，在正式開始行程之日的旅遊車上，面上的積雪竟已開始融化，人也一點點地活過來。我在奇怪，是甚麼令這個木頭人的眼睛漸現人神呢。當然，有好轉是好事，不宜驚擾，我才不希望與一個植物人同遊十五天哩。

行程首日（其實是第二日），我們凌晨一時才摸黑抵達摩洛哥的卡薩布蘭加（Casablanca）。蘇珊不管三七二十一，一俟分配房間後便倒頭大睡。

一般人對北非摩洛哥的認識，大概止於電影《北非諜影》，我也不例外。凌晨抵埗，除了頗見特色的機場入境大堂之外，旅遊車馳往酒店途中，其實甚麼也沒看見，因爲委實太黑了。直至第二日大清早，卡薩布蘭加才如神話般，於天放亮後熱熱鬧鬧地赫然湧現眼前。入眼處，一排排在頂端才散開枝葉的棕櫚樹，身穿阿拉伯長袍頭戴回教帽的男子，披面紗的女人，以及混雜了阿拉伯、非洲特點的面孔……，我的心理狀態至此才以光速由香港小島正式飛抵北非摩洛哥。傳統歐洲式的情調對生活在國際都市的人來說不會感到陌生，唯有混雜了中東、非洲文化氣質的摩洛哥，才足以叫我眼前一亮。心情竟莫名地興奮雀躍。度假遠行，風格愈陌生愈截然不同的地方，愈容易令人抽離過去，投入目下當前。

穆罕默德五世宮的紀念塔雖說是近代建成，但靠海而築，背景開闊，塔前伴以一塊可容二萬人聚集的大空地，把整個建築物襯托得氣勢磅礡。甫下車，不少團友便嘩的一聲叫了出來，美亞是其中一個。

「蘇珊，這邊，替我拍張照呀。我要連海景也包括在內。」

這竟然是美亞，在旅程的第一站卡薩布蘭加。

□

窗外的景緻一點一點地漸變。今天是行程的第五天，車在早上八時由褐土紅牆、即近寸草不生的貧瘠馬拉喀什（Marrakech）開出。快要離開馬拉喀什，竟然萬分不捨得，我甚至連布置阿拉伯化的酒店房間、吊燈，以至昨晚把我吵醒的汽車響號和人群囂叫聲也懷念起來。那種獨特的文化氣息。

「怎會這樣結婚的，全城都不用睡了。」渴睡的我在投訴。

我打開地圖尋找馬拉喀什的位置，一圈一圈的地平線顯示這內陸古城位居高地；一眼望過去，遠處的連綿山脈看起來不算高聳，原因是我們已身處高原。

由馬拉喀什北上靠海岸的首都拉巴特（Rabat），地圖上不過一兩吋的距離，行車卻需要四、五個小時。

「美亞，你還嫌自己看的書不夠多嗎？別又嫌我教訓你了，旅行就旅行，像我般輕輕鬆鬆的，就別看書。沒勝景看就看看藍天看看白雲，總歸是外國的雲嘛。」

「這不是『書』，是旅遊資料。你忘記了？這兩本是你帶來的。」

旅行進入第五天，美亞漸見放鬆。於是我試探式地開她玩笑：「呵呵，你不是用讀死書來麻醉自己吧。」

美亞給了我一記當頭棒。

我的確是迷上了一些東西，它有一道力量，把我從自棄沉淪的泥沼中拉上來。卡薩布蘭加的驚艷未消，誰料之後的內陸古城馬拉喀什更加懾人。馬拉喀什舊城區的市集，一爿爿紅泥磚牆爲隔的地鋪，幾乎保留了中世紀的原貌。及腰的大型泥坯水缸，令我想起要逃避七十大盜而躲到水缸裡去的阿里巴巴，我還以爲自己身在片場呢。靈機一觸，忽然想起柏索里尼的電影《一千零一夜》及在藝術節看過的阿拉伯舞蹈。形形色色的知識在不斷匯流，觸類旁通。

決定上路前身心俱廢，根本沒心思要先行閱讀旅遊資料，只管盡快上路，給自己一趟不算悠長的假期。於是摩洛哥對我來說，因其陌生，倍覺新鮮，入眼的一切都多添了謎樣的神秘感。不斷地赫然發現與迷惑，刺激了蒙塵駭鈍的心智，在強烈的求知慾導引下，我要想辦法知道得更多。

「美亞，你猜，那德國佬來香港時會找我嗎？他要了我的香港地址。」

「才沒興趣猜呢。你呀你，恃靚行凶，勾三搭四。」

美亞這樣一答，我登時不敢再往下說。不是我小器不高興了，而是幾乎忘記了我是美亞的隨團保母。「勾三搭四」，好險，希望她不要想到啓明那些事上去。難得她原因不明地漸入佳境。

昨天與前天，我們都停留在馬拉喀什，這古城成功地把我抽離旅行前的狀態。有些狀況不能用「忘記」來形容，是一些事及情緒的重要性開始悄悄減退，但未忘卻。晚上由旅行團安排觀看的騎術表演，在一個仿中世紀的娛樂城內舉行。黝暗中，偌大的沙地上，十多匹駿馬以一字型的陣勢排開，馬背上的表演者身穿傳統阿拉伯服，首纏白頭巾，荷長鎗在觀眾席前巡行，忽地人馬俱停，一起在觀眾面前向天放射五、六下震耳欲聾的冷鎗，嚇得我忽然不知身在何世。四天，九十六個小時置身異域，沒有了尋常上班、下班的時間刻度，也不用管今夕何夕，人就忘懷於渺渺時空之間。

蘇珊也看得特別投入，在險象橫生的騎術花式表演中，更忘形地跟旁邊的外籍人士吹口哨及站起來拍掌。最後，發放璀璨瀑布式煙花謝幕時，醉人的氣氛給推到頂點。黯藍色夜空下，金光閃爍，似假還眞，蘇珊與幾個外國人興奮得像嘉年華。要是同車同酒店，氣氛足以使他們狂歡醉酒通宵直落，開始一個蘇珊式的浪漫愛情故事。蘇珊眞的在放假。很好，我看來不是好友的負累。此情此景，腦海裡閃現過啓明，熱鬧與蒼涼相反相生，在鬧哄哄的人群中，我驟感孤獨，可是因爲氣氛特殊，我又立即玩味起孤獨的味道來。啓明閃現復又消失，沒有另一個肩膊可依靠依附，我就靠自己。勝景獨賞的滋味像喝黑咖啡，苦澀，但純粹而完整。不同的想法，是須臾間的轉念。獨立蒼茫，因我那特殊而曲折的心思，令我在嘉年華中獨自穿透當下，讀出另一種比眼前歡樂更深邃的興味來。環境其實帶點詭異，公元七世紀，就是如斯驍勇善戰的摩洛哥摩爾人，用騎兵夜襲對手，征服了整個伊比利半島嗎？心情複雜，助我挫開眼前的平面直觀，把興趣多面化。

「不錯呢，好玩呵。」我在回酒店途中甜絲絲地向美亞說，心仍迷醉在歡愉之中。

一個非洲國家，住的卻不是想像中的非洲人——與同處北非的鄰國阿爾及利亞截然不同。非洲、摩洛哥、摩爾人？是我心中的謎。我要爲心中的疑惑解謎，用閱讀。

□

今早，在香港隨團出發的領隊楊彼得說這是車程較多的一日，上下午各走四小時，目的地分別是正午抵達的拉巴特，及晚上抵達的丹吉爾（Tangier）。長途行車對我來說絕對不成問題，正好容我享受不用上班的度假滋味，我可以睡覺、聽CD，或品嚐從酒店自助早餐順手拿來的水蜜桃及蘋果。

至於美亞呢，旅途才進入第五天，她已不是幾天前的模樣。有時，我其實不敢肯定這是不是美亞內心深處的眞實反映？

對我來說，人生忙碌而充實，步伐從未停下來過，也沒空稍微思量一下，路是否走對了。現代城市生活是操作性的，講效率的運作吞噬一切空間，泯滅性靈。此刻，我脫離了機動的上班族生活，享受度假予我的心靈寬鬆。心回來了，即使處變，人也不那麼惶惑與迷亂。

旅行，由身至心遠離熟悉的世界；散心，就是要心散，由集中得叫你疲累的點子上解脫下來。

我偶爾會驚覺——原來啓明並不在我身邊。沒有了他，我的旅途一樣過去。反過來，啓明沒有了我，看來也不會活不成。彷彿只有低廉流行小說裡的男女主角，才會爲情愛而生生死死。痛是會痛的，只是沒有選擇自殺就得活下去，用自己的方法療傷。這想法彷彿有點殘酷，卻是事實。更何況，都是成年人了，而且是在某些方面習慣了獨當一面的成年人。立體的人生，本來就由不同的平面構成。

此刻，啓明正在「股海」廝殺嗎？看世界新聞，說香港股市跌至六千五百點。在金融風暴下，他其實十分忙碌。那麼忙，還有可能發生那種事，我其實有點弄不明白。也證明，我近幾年原來並未深究丈夫的生活。離開了啓明接近一個月，再憑空重塑啓明各式各樣的面貌，我竟然除了「忙碌」及「工作中或應酬中」的一面之外，再想不出其他面貌的啓明來。……想想也覺恐怖，怎會是這樣的。

一覺醒來，看見美亞朝窗外發呆。

「行程還可以嗎？」我問。

「不是『可以』，是非常好。比我想像的好。」

「你原以爲會是怎樣的？」

「說不清，但沒想過會有那麼多的收穫。」

「你是眞的滿意嗎？」

「我爲甚麼要作假？」

「我說美亞，總之，做人嘛，不要憋得太苦，我樂意聆聽，把它釋放出來了才是眞的解脫。人嘛……」

「人甚麼呀，人，你那罐果仁打翻了。」

旅途中，我有我的精神零食。

歷史每每輕描淡寫地以一百年、一千年之數在紙面資料上出現，個人生命與之相比，命若蚍蜉，是無法承受之輕。天大地大，人與渺渺的文化歷史相遇，倒使繃緊的自我得以放鬆，生出退一步看事物的寬大包容來。歷史悠長，世界文化博大多元——雖然CNN、麥當奴、可口可樂當道。沉浸在文化歷史之旅，連「我」也渾然給遺忘在蒼茫浩渺的無限裡。沒有了「我」，也沒有了「啓明」。

再想起啓明時，多了點迷茫，卻消了點恨意。

□

香港隨團出發的領隊彼得曾笑說這是「巴士團」——坐在車上的時間比走在地上的時間多。我這個團才不過十二人，湊上領隊才十三位，以往是必然成不了團的，但今時今日經濟不景，旅行社的心態是，有工作比冷擸著好。

由於坐客少位置多，每次我都可以獨佔兩個座位，寬鬆舒適地享用不必上班，不被俗務纏身的自得自在。

可是，不見得每個人也用我這種態度來看待自己的假期，團裡有一對新認識的團友，男的六十，女的約快五十，便投契得永遠有說不完的「世俗事」。每次長途車的引擎一開動，也連帶把男的喉舌也啓動起來，滔滔不絕地展示他豐富的「人生經驗」——一場又一場在蠅頭小利上佔人便宜或被人佔便宜的攻防戰。

旅途中，即使比我樂意與人寒暄的蘇珊，也對其中一位團友敬而遠之。我看得出他是個半生跑碼頭做生意的江湖客，聽說全家已領了加拿大籍。他自己趁夏天旅遊旺季，刻意撇下老妻回香港參加旅行團，旨在找些同聲同氣的人共話，抑或搏一點艷遇？又是男與女的問題？天曉得。領隊彼得看上去與這個老江湖客相差不過五、六歲，只是一個放下工作花錢度假，另一個則以帶人花錢度假爲工作，是兩段不盡相同的命運，兩種不同的「假期」。

蘇珊是放她應得的有薪假期，我則爲了遠離傷心事才猝然上路，彼得呢？一個以旅行爲工作的人，以帶別人放假爲業的人，心情又會是怎樣的呢？我們的假期就是他的工作日。每次上路，他也會沾上哪怕一點點的度假感覺嗎？

其實打從開茶會那天起便心生疑問，出於好奇，我把集中在自己身上的焦點，不知不覺地攤分了一少部分到他身上。開茶會時其實並不知道他的實際年齡（後來才曉得他五十四歲），只覺得一個英雄遲暮的中年人，又被分配到人數較少——即是打賞也少——的一團任領隊，背後會有一個怎樣的故事。

在往後（大約十天）的長途車程上，老江湖可以全情地講他的故事，我又得以盡情吃零食、睡覺，彼得完全沒有介入干預或想辦法替我們消磨時間，原因是在這行程的第五天，上午十一時零五分左右，他出了一次「意外」——他在人前突然失控。我多害怕這會勾起美亞的傷心史，讓旅行的作用前功盡廢。

事情是這樣的：領隊彼得可能考慮到行車時間比較長，想搞搞氣氛。於是由他帶頭說故事，由最愉快以至最不愉快的帶團經驗說起。經過一兩個以埃及爲背景、有不同版本流傳的鬼故事後，不知在甚麼契機下，話題一轉，就直戳到彼得自己的家事上去——我是個結了兩次婚的人。

「說出來你們也未必相信，剛拍拖時，吃魚蛋粉不要魚蛋，清純節儉，世間難求呀，當然娶之可也。……後來，先是愛打麻將，之後到澳門豪賭……年廿八不見人，年廿九、年三十不見人，大年初一給岳丈拉到澳門尋妻，原來輸掉十多萬……怎麼辦，唯有「穿櫃桶」囉，即是盜用公款。公司是我與個德國人合資的，做我最在行的旅遊，日日也有美金經手……每個月的薪水就用來填不同的賭債，自己拿帶團的小費生活。……夠用的，又沒有甚麼嗜好。……真的有點像鬼迷心竅，就一直替她還下去，我想是前生欠她的，……我經常不在香港，根本沒能力阻止她賭……最後老朋友都看不過眼了，說：再替老婆還賭債就跟我絕交。……

不止此哩，搞到我另一檔生意，硬說跟我打工的女仔與我有關係……那是設在五星級酒店大堂的櫃檯，專做酒店客一日遊……她走到酒店大堂大吵大鬧，那女仔不肯給她櫃檯裡的錢，她就鬧，……急召我回酒店，她就在衆目睽睽下與我拉拉扯扯，連白襯衫也給撕破。……好事不出門，全行都知道這故事。做男人做到我這樣也真丟人！……想想也覺活得冤屈，嘿，一直做錯事的又不是我，嘿……離婚囉，連女兒也不贊成我無止境地填下去，……誰知她先發制人，偷了我藏在廚房破罐裡的美金出走，……我再婚，就是跟她最初傳我與她有關係的那個女子結婚，……

我笑她傻，肯跟一個又老又身無分文的人，……人生有時真的十分荒謬，……真的十分荒謬，錯的又不是我……」

我很留心地聆聽彼得的故事。我知道蘇珊好意地兩番從前面的座位扭頭看我，怕我傷感。

彼得坐在最前面的第一行，是屈膝在自己的坐椅上，轉過面來向我們說故事的。他把自己的愛情故事——他的兩次婚姻——說完了，又或者是並未說完，只是中斷了，整個車廂內也鴉雀無聲。時間與氣氛頓時都僵住了。我想，沉默是因爲我們這群才認識了四、五天，一心打算卸下包袱來度假的成年人，實在不知道如何回應另一個半生不熟的成年人在你面前抖開那千瘡百孔的情感包袱。

彼得並沒有即時放下他的有線咪，也沒有轉過身去坐下來，茫茫然地呆立著，卻不看我們，無聲地把目光移向窗外。

就這樣維持了起碼十五分鐘，其間，我看過他做了幾次用手抹鼻水的動作，倒抽過幾口氣，然後才默然地背轉身去，坐了下來。

我還留意，不久後，當摩洛哥籍司機播放當地音樂時，彼得投入得有點刻意，不但用手敲拍子，還輕鬆地逗司機說話：Good music，哈。還有，之後的當晚及一兩天內，彼得仍有點失魂落魄，不是把吃早餐的房號與房間鑰匙錯配，就是把團友的姓名弄錯。

憑我的觀察，他自說的、或眞或假的故事在起作用。眞正的情況旁人難以知曉，只知那表白，有足夠的分量打亂了他帶團的工作狀態。

不管你是「度假」者，抑或是以帶別人「度假」爲工作的人，似乎都無可避免地要跌入「度假」陷阱；「度假」，是或遠或近地暫離日常生活，人實實在在地置身陌生的境地，身心都會因暫時抽離熟悉的生活軌道而騰出點空檔來，就看每人如何面對、運用那空間。我是度假者，主動尋找一次假期，一點容我喘息、停頓的空間，我利用這空間重新站穩陣腳。而帶人度假的彼得呢，被動地在長途車程中給騰出了空檔來，一個不留神，就潛進了從前甩不掉的思想包袱，令他失控。已成過去的東西，並未遺落在時光隧道內，卻化成夢魘，一有機會便惡纏今時今日的彼得。我想，他寧可「度假」這工作給排得滿滿的，讓他沒有「空」出來的、「度假」的心思。

之後，不管是從馬拉喀什往拉巴特，抑或是由拉巴特往丹吉爾，再沒有人願意挑起共通的話題。然而，我知道，在車尾那邊有過片刻的、不張揚的哄動。

「美亞，你沒事嗎？」

「嘿，我會有甚麼事？」美亞出奇地平靜。

我總覺得，美亞固然是活多了，可又不完全就是過去的美亞。怎麼說呢，是仍未如以往般「強」起來。已放鬆的面容上像抹了一層內歛的、一眼看不盡的深沉。我繼續說：「感懷身世那種呢……」

「感你的頭。啊，你來故意觸碰我的痛處了。」

「不不，說別的，我覺得彼得是愛他的前妻的，要是她不賭多好。」

美亞沒有回應，我彷佛在自說自話。

「一個女人由吃魚蛋粉不要魚蛋，如何轉變爲大年初一仍躲在澳門豪賭，中間的心理變化一定十分微妙。」

「你信彼得說的，人又老錢又無，仍有一個比他年輕十幾歲的女子肯跟他嗎？」

美亞只說：「天曉得。」是的，眞的是天曉得。

有些細節的確只有他自己和老天才辨眞假。彼得用不到一小時的光景數說了他曾經擁有過股份及親手建立的公司，一家又一家。依他所說，他有過一件又一件的事業，然而都一一毀在好賭的太太手上。彼得這個人最有本錢的三十多年青春，是一段一邊建立又一邊付諸流水的歷史。在骨牌般的敗倒中，他欠缺了或沒有抓住「停一停」的機會，於是大勢一瀉千里地傾盤而去。啓明的事也令我有過「敗倒」的感覺，倒下來了，我就踏上這次旅程，抓住一次停一停的機會。

依他的說法，直到快五十歲時，他才跟好賭的前妻離婚。之後，前妻並未罷休，還零零星星地發生過一些不愉快的衝突。

□

彼得的婚姻，是一場歷劫的愛情故事。故事暫告一段落後，還有十天的行程則繼續。旅遊車準時正午抵達明媚而富貴的拉巴特：度假別墅、一堆堆的弄潮兒、白太陽傘與北非風味的沙灘。我們，一群度假者，又投入假期裡去。

「美亞，看呀，沙灘上走著駱駝，噢，浪漫死了。」

旅遊資料說，丹吉爾與拉巴特都靠近海邊，是歐洲人的度假勝地。一群群來自德國、法國，以及西班牙、葡萄牙的遊客，橫渡直布羅陀海峽後，便輕易踏足這城市。假如丹吉爾有人滿之患，又可以驅車南下往拉巴特走，沿途的沙灘都有供汽車停泊的度假營地。歐洲人樂於南下摩洛哥，攫取相對廉宜的陽光海灘。這其實是一條很古老的路線，只是方向相反而已。

人強馬壯的摩爾人一批又一批地由北非摩洛哥北上，征服葡萄牙、西班牙，侵擾整個伊比利半島。那時，十四、五個世紀以前，是一條北上的路線。誰北上，誰南下，見證了誰比誰強。

對於其他團友來說，在拉巴特與丹吉爾的驚鴻一瞥，日後以至明天一覺醒來可能已忘記得七七八八。而我，卻津津有味地一邊看資料，一邊投入地實地印證，像上了一次歷史課。在旅途中讀過的資料累積得愈來愈多，我甚至作興做起筆記來。知識的求得，是一種不依附於任何人事、獨立自足的快樂。我抓住了一些幾乎忘掉了的、內在的東西，我開始重新擁有更多的自己。我本來就是個追求知識，肯定智慧，有自省及反彈力的一個「人」。

工作十年，還以為源自本性的、最具啓蒙意義的求學時期的一切，縱未灰飛煙滅，也早該給塵網磨掉八八九九。想不到，看似無形的東西反能扎根於心之深處。在高跟鞋、上班服、信用卡與廣告公司……以至啓明之外，只要我重新給自己一點空間，面對自己，我眞正擁有的，是可以有各種可能性的自己。

我興味盎然地用求學時的敏銳認眞來讀旅行資料，也用這態度來讀彼得的一切。我其實也該用這種態度來讀一讀啓明，公平地。啓明想些甚麼？他的心靈深處是否也遇上難題？是寂寞了要找另一個女人？是我倆的夫妻生活未令他滿足？……起碼我倆從未一起面對問題，我有點不甘心。也許，我也該反過來關心他自知或不自知的困境？人總有一些錯覺，以為日夕相對就等同了解深刻，原來不然。……

思緒雜沓，悠然往窗外望，在紅牆褐土，沙礫荒漠，又或者走著駱駝的沙灘風景裡，我心思紛紜，任喜怒哀樂渾然，任今之摩洛哥與往昔之摩洛哥重疊，時間與空間綿延無限。

□

在丹吉爾晚飯後，各人早早便回房休息，好進入行程的第六天，趕明天六時一班的早船。

「累死了。淋一個熱水浴後我就死豬睡。」

我在蘇珊淋熱水浴時，用隨身帶備的迷你電水壺及中國茶包，給自己泡了一杯熱茶，然後挨坐沙發上發呆。今天是高密度的一天，教人無比疲累，可是心境卻又恬適澄明。啓明這刻又在做甚麼呢？呷一口熱茶，我用另一種心境，再玩味現代呀自由呀這些彷彿已滾瓜爛熟的字眼。讀一點書，行一點路，回過頭來所看的一切，又比從前深刻豐富。（蘇珊從浴室嚷著，要我遞她毛巾。）來自生命深處還不太明朗的啓悟，令我從浮躁不安中穩定下來。辦公室，是我倆這些年來留得最多的地方。有沒有家庭風波的發生，我和啓明其實都應該給自己一趟眞眞正正的假期，不是商務出差順道多玩一兩天的那種。

「麻煩你了，不好意思。」我搶在美亞之前淋了個熱水浴。

「你知就好了。」

「說眞的，你是眞的嗎？」我一邊說一邊拍收縮水、塗面霜。

「眞甚麼。」

「你竟然沒有因彼得的故事而勾起傷心史。不過五天，你便肯吃飯，又肯打我的頭。

……」我乘勢直搗黃龍。

「那依你看呢？」

「假象，全是假象。行，你就別忍了。來，我借你膊頭，就痛痛快快地哭一場吧。」我仿壯漢口吻，用右手拍一拍自己的尖細左肩。

「神經病。」美亞笑了。

我只知道，我的問題並沒有完全解決。但五天、一百二十個小時完完全全置身「異域」的感覺，原來是一次很好的精神洗禮。

假如把人生不得意的日子看作是上帝給你的假期，則日劇《悠長假期》終究是流行劇的模式，有糖衣包裹。流行劇不能承載過多的眞實。木村拓哉這個音樂高材生，二十四歲「放假」，二十五歲便逃出逆境，學有所成；生命膠著又無出路不過一年。至於三十歲的失戀兼無業模特兒山口智子更幸運，失了個銅的卻找來個金的，最終碰上另一段更好的姻緣，得到白馬王子木村拓哉青睞，照顧一生。相對之下，彼得的「悠長假期」就未免放得太長了。揚州夢覺，人生已去了一大半。現實生活上，又有多少人放著「沒有終點的假期」。

我的假期充滿意想不到的啓示。是啓示已經存在，等待我去發現呢？抑或啓示因我的發現、懂得把它抓住而存在？旅程才走了三分之一，短短五天之內，我迷倒於摩洛哥的異色，穿越摩爾人歷時七百年的興衰史；也意外地穿越彼得個人的三十年滄桑——一段集體歷史與一段個人歷史，改變了實際五天假期的時空質感。時間的長與短，假期的短或長，不由腕錶上的長短針主宰。

□

十五天假期後，甫進家門，對鏡自照，我不禁嘩的一聲大叫出來。

「嘩，慘啦，慘啦。簡直是人肉焗叉燒，又黑又乾。你看，你看，我面上的毛孔個個像窒息似的擘大口掙扎。沒啦，沒啦，前功盡廢啦。你別笑哩，你比我更糟糕？」

最後，我盡了最大努力，找來了地中海火山泥加蘆薈活顏補濕面膜，又準備了含四分之三潤膚露的沐浴液，給自己和美亞作救亡之用。

待全身也泡洗過一次後，面上就給蘇珊覆上一層像倒模石膏的面膜。敷上面膜後，我用仍可做有限度活動的嘴巴，搖了一個電話給啓明。從蘇珊的電話留言錄音裡，我知道啓明來過兩次電話。

一切也有待重新開始，假如我的情感有能力承擔一切。

差之毫釐，謬之千里。我與啓明其實每天也一點一滴地不同於前一日，因爲當期時的不加注意，換來驀然回首的一大截距離。

重新開始，是向前看，走一條未知的路。冒險，不確定，又充滿各種可能。

假期的作用在滲透及蔓延，我大概已儲足精力，面對等在面前的各式險阻。

一九九八年九月

註：

1. 台灣譯爲《長假》。

N號皇庭

在L和C的黑色工作袍下面，是一雙裹著黑色玻璃絲襪的修長美腿……

・L是貌美的女檢控官，在她身旁，是倜儻不羈但有才華的P大狀。P大狀代表辯方，vs.貌美的L。P大狀想約會貌美的L，在她的桌上準備了一份載在白塑膠袋內的煙三文魚三明治，塑膠袋浪漫地上書：吃我吧。

未吃早餐的L笑臉迎人，討俏而嫵媚地笑對P大狀，P大狀大喜，以爲一切順利。可是，L瞬即挪動誘人的美腿（鏡頭close up她的美腿），用黑色尖頭高跟鞋的鞋尖，傲慢地把桌下的垃圾簍稍微勾出，再用原子筆挑起塑膠袋的挽手，然後，「逢」的一聲，「吃我吧」滑墜垃圾簍裡去了。

・C是另一位貌美的女檢控官。C的美腿在散落一地的文件堆上走過——其實是踩過去（鏡頭貼近地面，微微向上仰拍，強調了美腿對文件的踐踏），俯身一把抓住桌上正鈴鈴作響的電話筒——是你嗎？Sorry，沒時間。明天、後天也沒空——美麗的C推掉一個又一個約會。美麗女檢控官優皮生活裡的「忙碌」一詞，還包括推掉追求者的約會。

□

這不是一齣電視肥皂劇，場景也不是布景，我跑到了地方法院二樓六號庭旁聽。

從旁聽席最前一排的座位向前望，我看見法官的正面，一個樣貌普通，恰如其分地略爲發福的中年男子。法官說起話來一截一截的，每一截的最後幾個字像趕路，特別匆促，看得出是經過克服後殘存的語言障礙。檢控官與辯方律師面向法官，背向旁聽席。今天是第二天聆訊，辯方律師站起來爲一宗寄養女童疑遭性侵犯案盤問控方證人，由於她大部分時間都背向著我，因而沒機會看清她的容貌。直至在洗手間偶遇，才有機會正面看她幾眼。站在鏡子面前一比量，才知道她較我這中等高度的女子矮半截，而且已踩上一雙足足有三吋高的高跟鞋。她正把臉貼近鏡子專注地添妝。雖然已經過粉飾，女大狀也不過是標準上班族的尋常姿色。至於另一位中年女檢控官，我曾經與她同處升降機內，那天看上去尤其疲憊，可能是連夜勞形案牘，工作過勞吧，她的眼睛帶一圈浮腫黑暈。

在這間仿如大學演講室的房間裡，代表司法制度的黑袍下面，是普通的身材，普通的人樣。整個小法庭除主持大局的法官享有高人一等的平台外，犯人欄（這宗案的被告是開審時才慢條斯理地走進去的）、辯方律師和檢控官的工作桌面，以及證人欄都在同一高度的平面上對話／指控。至於旁聽席的座椅之所以如樓梯級般逐排微微高升，應該只是視線上的考慮而已。坐在旁聽席第一排往前望，檢控官與辯方律師就在你同一平面的不遠處，一切也來得十分接近。

在這裡，審人的與被審的，在高低空間上沒有不可踰越的隔閡。

我是一名大學法律系一年級學生。從書本的文字裡，我讀出了法內與法外的區別，掌握法律知識與沒有掌握法律常識的鴻溝。可是，親自往法庭跑一趟，做一次旁聽者，從實景的空間感裡，卻意外地讀出另一種感覺：同一平面上的對等氣氛。

■

陳小梅與同事踏出地方法院大樓的大門時，陽光刺眼非常。下午四時半的陽光，再猛烈也不應該扎眼，陳小梅知道那是眼球暫時性的過敏，不是陽光的實際威力。

陳小梅與同事都沒意思再回中心辦公，他們找了個地方悶悶地喝了杯咖啡，稍稍舒緩一下內心的不暢快才各自回家。

「小梅，今天這麼早下班啊。」小紅媽見到女兒回來了就開心。

「姊還未回來嗎？」

「小紅回來了，我叫她洗個熱水澡才吃飯。」

陳小梅提著沉重的公事包走向自己的房間，經過廚房門口時，慣於下廚烹調的父親高聲向小梅說：「今晚有雞湯，多喝一碗，你們兩個都要補一補。」

「小梅，累了吧，別忙壞了。」小紅媽愛惜地說。

「爸媽，沒事的，的確有點累，我回房間休息一下，看些文件，吃飯才叫我吧。」

現在的陳小梅縱使怎樣不開心，也只會獨個兒納悶，不會像從前般發父母姊姊的脾氣。而今的陳小梅變得和善多了，懂得珍惜身邊的親人。

陳小梅把房燈關掉，只撳亮書桌的檯頭燈，在如舞台射燈的光照中坐下來，雙手揉一揉神經線綳緊的深陷眼窩，疲憊中仍爲剛才那宗判決心心不忿。——張愛芳死了。——中度弱智的張愛芳這年才十四歲，死於肝斷裂，腸臟多處出現裂痕，而且嚴重內出血。張愛芳是同事的「仔女」——他們把自己跟進的兒童叫仔女，陳小梅只是陪同事往法庭聽判決而已，可是，陳小梅的失落、沮喪卻不亞於她的同事。

張愛芳一向好端端地由外婆照顧，直到一年多前，由雙雙失業的父母接回家中同住。自那時起，張愛芳便日漸消瘦，不快樂，身上並不時左一塊、右一片的青青藍藍。問她，就說是——蚊子叮的。——這當然只是一個中度弱智兒童編造的謊話。——接個女回家同住，無非想多申請點公援金吧。──這是同事不無道理的猜測，──死因不明。嘿，明眼人一看便知死因明白，你說是不是？──面對同事的質問，陳小梅只能無奈地默然，雖說心裡十分同意。──法庭講求證據，有人看見他倆當天打過張愛芳嗎？就是沒有嘛。──陳小梅只能如此回答。

陳小梅除了在房間發呆外，眞的打算辦點公務，她明天要到保良局跟進幾個仔女的情況，見面之前，她要溫習仔女的檔案。

□

這一天，陽光普照，地方法院的寄養案休庭兩天，我沒有乖乖地待在法律圖書館裡看書，獨自跑到高等法院去做「實地考察」。我先到大堂告示板看「每日案件審訊表」，抄下想旁聽的案件及場地編號，譬如：X樓／第X號庭／樓宇買賣。我沒有聽畢一宗案件的審訊便溜到另一個法庭，聽另一宗案件的審訊。高等法院有三十七間小法庭，房間一般比地方法院的小，裝修卻比地方法院細緻。我尤其喜歡那以淺棕色木材爲主的內部裝修。十二樓二十八號法庭要審理一宗樓宇買賣的官司。當證人已到齊，文件也準備妥當後，檢控官與辯方律師兩位男士略理衣衫，一手撥順黑短髮，另一隻手一甩，便把用馬毛編織的米白色曲假髮套在頭上。審訊即將開始。負責文件處理的助理走到後庭，出來時用手敲敲淺棕色木門，所有人肅立，法官大人便在眾人的肅立中進場——雖然加起來也不過十三人而已。審訊正式開始。

法官是外國人，於是檢控官、律師都用英語發言，即使除法官以外，所有參與者都是華人。不諳英語的證人，旁邊會有即時傳譯。這是一宗轇轕並不複雜的錢債官司，審訊氣氛相當平和。這一天，也無非是雙方提交證據，並在法官面前做確認手續。官司雖小，手續卻一絲不苟。法庭，並不一定都血腥而緊張，除了大案與奇案，法庭處理得最多的，其實是案情並不曲折的尋常官司。

當你已不打算再旁聽下去時，任何人也可以中途離場，甚至離開了又走回來。我要離場了。於是我離開座椅，走到鋪上紅地毯以減低腳步聲浪的走道上，向法官大人行一個鞠躬禮，即使當時眾人正各忙各的事。法律，有它的一套宗教儀式，令染力不但籠罩身在局中的控辯雙方，也使局外人的你感應到它的神聖與莊重。

■

陳小梅這天一早便到保良局，逐一與她跟進的仔女見面。孫欣欣、莫美娟……還有，劉雪蓮。

陳小梅從F4D的班主任口中得知，在她所跟進的幾個「仔女」當中，劉雪蓮開始有疏懶怠惰的跡象。

陳小梅所看管的二十多個仔女當中，劉雪蓮絕對不是惹事難管的壞分子。之所以要看管，完全因爲出身破碎家庭。家庭破碎，子女一定受影響。負責跟進這個十七歲少女的成長，是兩年前的事。

劉雪蓮八歲到十五歲期間被一家人收養，做寄養兒。直到十五歲那年，寄養人終止了合約，劉雪蓮被安排到保良局寄宿，也在保良局念書，與其他家庭也出了問題的女孩一起生活、成長。由於社工人手嚴重不足，除了半年一次的檢討會之外，陳小梅最多可以每月與她見兩、三次面，由於F4D的班主任何小姐的提醒，陳小梅特別留意劉雪蓮的情況。

陳小梅選擇了午飯小休與劉雪蓮聊天，地點是局內的小花圃。

「雪蓮，你看上去像瘦了一點，沒事嗎？一切也好嗎？」

（好？你心目中的「好」與我心目中的「好」是同一樣東西嗎？在這個給磚塊與鐵絲網包圍的大園子裡，有我追求的「好」嗎？一隻螞蟻，兩隻螞蟻，三隻……）

「你怎麼只是低頭，笑而不答呢？」

（你最好給我一個爸，一個可以保護我保護媽的爸。）「好，好好囉。」

「我其實希望可以在別的地方跟你聊，下一次等到周末才約你，讓我們可以在麥當奴一邊吃著條，一邊輕輕鬆鬆地談天。」

（假期？千萬別侵佔我的假期哩，）「陳小姐，假期我有很多事想做，譬如探阿媽啦，探養父母啦，（還有松仔，嘻，）還是如現在般，來保良局找我吧。」

「陳小姐，你看那邊。」劉雪蓮發現了甚麼，也顧不得我在跟她說話，逕自走到鐵絲網前面，蹲了下來。

「來呀，陳小姐，這邊，你看。」我走到她跟前才發現，原來在保良局鐵絲網外，有一條趣緻的流浪狗。瘦且髒的小狗，把小而尖的嘴巴擱在一個菱形網格上，劉雪蓮伸出手指，撫牠面上的毛，小狗則用舌頭親切地舐劉雪蓮的手指，以示回報。

「你看，牠多可愛，好可愛呀。」劉雪蓮不斷汪汪、汪汪地扮狗叫——與小狗溝通。

「這隻狗有來頭的，是英國約瑟爹利，不是胡亂的雜種流浪狗。」

「那是給人遺棄的了，那些人眞該殺。」

「也不一定是情願的。」

約瑟爹利是身型袖珍的小狗，長毛，大多棕灰色。小狗嘴尖鼻尖，兩隻豎起的耳殼耷垂著長長的狗毛，看上去像個奀細的丫角小孩，十分討人憐愛。

「陳小姐，我會好乖好乖的，假如你答應我一件事。」

「呵呵，要脅我了。」

「不，你知道我不是這意思。」劉雪蓮有點慌了，就撒嬌。

「你說吧。」

「你可以出去把牠抱到大門入口附近，給我抱牠一下嗎？」，「你知我不能外出。」

「牠那麼髒……」我眞的有點怕。

「陳小姐，好啦，好啦，」她硬拉著我的衣角死纏。

我終於把那隻身上不少地方的長毛已打結的小狗抱到大門入口處，讓劉雪蓮跟牠玩。

劉雪蓮對那隻髒狗親了又親，還讓牠用舌頭舐她的面頰。小狗原來是隻母的，的確十分討人愛。可能因爲已無主多時，小狗眼見有人可依，長毛已稀疏打結的尾巴停不了地打圈示好。

劉雪蓮忽然嚴肅起來，正色歛笑，「陳小姐，你可以再幫我一次忙嗎？」

「呵呵，一忙未完，一忙又起啦，你好貪心呀。」

「一次啦。你可以幫我送牠往愛護動物協會嗎？讓他們替牠找個主人。」

「啊，」我心頭一感，「但，送到那裡要是沒人收養，便得人道毀滅了。」小狗無知地開心搖尾。

「也總比牠無主孤魂般自生自滅好。」劉雪蓮一向易哭，說時眼泛閃光，又來了。

「好啦，好啦，算我怕了你，我去。」

一次與仔女的面晤，變成了送狗行動。當劉雪蓮要回到課室上課時，我不得不把小狗抱走。我執起小狗的前腿權充小手，作揮手道別狀。我看得出，不遠處的劉雪蓮，在鐵絲網的另一邊哭出來了。

「走啦，汪汪，到你的保良局去吧。」劉雪蓮在網內向已走遠的我與小狗高聲說。

我的心忽然給扎了一下，對這幕本應不會太深情的人狗分離淒然起來。

□

離開了買賣樓宇的小官司後，我蹓躂到另一間小室，聽一宗初審的走私案，涉案的被告多達十人。候審期間，疑犯全部不獲假釋，直接由警署解送法庭。這天是疑犯首天應訊，一個個輪番站到犯人欄內聽取檢控官對他們的指控，說明所犯何條。疑犯在犯人欄內有兩名警員監守（警員彷彿也成了犯人），疑犯在犯人欄內回答認罪或不認罪——絕大部分答「不認罪」——答完了，就給帶下去，排期進行聆訊。

坐在旁聽席上，我聽到三種語言在空氣中騷動。法官是外籍人士，審訊以英語進行，只會說廣東話的本地疑犯有即時傳譯爲他把英語譯成廣東話，到另外兩名來自普通話地區的疑犯給帶上法庭時，會有另一位即時傳譯走到他身邊，替他們將各人所說的英語翻譯成普通話。檢控官沒有停頓地一句句說，翻譯便沒完沒了地一句句譯，兩種聲音在空氣中交錯交疊，不是此起彼落，而是綿延互疊。與此同時，法官面前有兩位記錄員，即時用電腦輸入對話做記錄。

犯人欄內兩名說普通話的疑犯，看得出是來自偏遠的窮鄉僻壤，過時的髮型與黝黑潤紅的健康面龐，令我推測他們該來自農村。他倆一臉純戇，樣子毫不兇悍，對法庭內的一切充滿好奇，雙眼四處遊獵。假如我就是那個關在犯人欄內說普通話的疑犯，我會有何感覺呢？千辛萬苦從山明水秀的某個小村寨偷渡到這個陌生的石屎森林，無所知也無所依，是自願抑或受矇騙而幹了非法勾當？我坐在旁聽席上胡思亂想。

我這個以學生身分旁聽不同案件的局外人，此刻坐在旁聽席最高一列座椅上觀察面前十多個人的忙碌工作。程序操作流暢順滑，英語、廣東話與普通話交錯交疊，再和以的噠噠的指頭叩鍵聲，我忽然對這忙碌的情景產生一種肅然起敬的感動。

人，未定罪的或已定罪的，在司法操作中都受到一定的（這當然只能是相對性的比較）保障與尊重。你可以說這是表面的形式，但最少，也有這樣的一種表面形式。這該是要經歷多少年、多少文明智慧的累積，才得以建立起來的一套流程。

自從約瑟狗事件之後，我與劉雪蓮的距離赫然拉近，是彼此已建立默契與信任的飛躍。因此！我更不能接受那件事的發生！我在恐怖感籠罩下如遊魂般穿街過巷，我不知道自己已穿越了多少條街道，只知道腳沒有停下來的意識。腦袋空空洞洞又密密麻麻——怎會是這樣的!!——我一直以爲、也一向希望她不會是個要花精神跟進的個案，不是我怕工作艱難，而是我壓根兒不希望有任何需要跟進的大事小事在她身上發生。好端端的一個女孩，多願意她無風無險地安度一生。

恐怖感使我在烈日下也渾身陰冷發麻，兩肩沉重痠痛，我條件反應地聳一聳肩，想抖落疼痛與麻痺，可脊梁在一聳動間有如刃的寒氣削骨——這分明是個烈日當空的大白天。渾身陰冷發麻令我想起一齣電影的片段。吸血殭屍的橋段不斷翻新，在《吸血迷情》裡，吸血殭屍其實已攻佔了幾近整個城鎮，只是人們不察。大部分看似正常的人其實已遭魔噬染毒，每當月黑風高，夜霧迷漫，吸血者便四出獵食。舞台竟然是獵食場所之一，舞台不斷上演的劇目就是《吸血殭屍》。吸血行屍在街上獵來美女，公然在舞台上暴虐地把她的衣服一件件撕掉，讓湧上來黑壓壓一片的吸血者在眾目睽睽下公然蹂躪，台下觀眾在少女淒厲的嘶叫聲中給嚇呆了——戲多眞。受害者在公眾面前失救。

一輪疲憊的心靈掙扎後，雙肩更沉更痛。陳小梅決定向署方匯報，並遊說劉雪蓮報警。

與劉雪蓮的面晤，因雙方關係的拉近而終於可以選在假日，假日的麥當奴，而不是周一至周五受託日內的保良局。陳小梅與劉雪蓮一邊吃薯條，一邊喝可樂，一邊輕鬆地談天。

「聽說你拍拖了。對嗎？」陳小梅笑問劉雪蓮。

劉雪梅用飲管插可樂杯裡的碎雪，遲疑了一下才俏皮地反擊：「怎麼啦，想干預了。」

「問問也可以吧，又不打算把他搶走。」

劉雪蓮噗嗤地笑了出來：「你有本事你去搶，松仔只愛我一個。」

「呵呵，你看你，也虧你不臉紅的。」

「甚麼臉紅不臉紅的，都廿一世紀了。」

陳小梅見勢色對頭，打趣趁機追問：「你們有沒有……」

劉雪蓮低頭啜可樂，只笑。低首甜笑間斜眼偷望陳小梅：「我們相愛。」

「那是有囉。」

劉雪蓮以笑默認。

陳小梅基於職業慣性的條件反射，不大在意地接著問：「是第一次嗎？」——答案卻在她意料之外。劉雪蓮把手上的可樂重重地往桌面一拍，在可樂碎雪的擦擦碰撞聲中斬釘截鐵地說——不是第一次。不是。

陳小梅完全沒有心理準備接受這一句回話，登時給嚇壞了。這突如其來的一問一答，像一記重擊，敲碎已平靜冰封的湖面。

劉雪蓮開始收拾小背包，索緊袋口，——那是誰？——劉雪蓮把小背包一甩，拋到身後，一邊穿上背囊的左右背帶，一邊說——是吳國昌，讓我寄住的那個禽獸。

當陳小梅接收到這句子的句號時，劉雪蓮已一陣風地推開玻璃門，沒入玻璃門外的人潮裡。

□■

我知道自己已經遲到。當我下車後匆匆忙忙飛也似地趕抵地方法院大樓時，已經是九時四十五分。我匆匆趕上五樓，到告示版前翻查「今日案件審訊表」，確定已連續聽了兩天的案子是否在同一號法庭續審：二樓六號庭。那就是照舊了。我立刻轉乘停二樓的升降機，奔赴已於九時半開庭的「寄養案」。這是第三天聆訊，輪到第二證人接受盤問。

對於一個社工來說，上庭作供不會是件陌生的差事。除了執法與司法人員之外，社署（社會福利署）職員也是法庭的常客。因此，站在證人席上作供，對我來說，不會引來半點張皇失措，叫我心亂的，往往是因爲另一回事。面對日益增多的亂倫呀兒童性侵犯呀受虐呀等案件，每一次也會令我像大病一場般身心虛脫，有時甚至倦怠得將一口怨氣發向家人。我知道這樣做很不應該，我在努力改善對待家人的態度，起碼不能教愛護自己的家人替我擔心。我擔心別人，他們則替我擔心別人而擔心，我不能令不愉快的擔子惡性循環。

「陳小梅女士，請你在法官面前起誓。」

我拿起宣誓詞，專心地一字一句地誦讀，沒因有人中途進場而分神。我摯誠地在眾人面前起誓，保證一切所言非虛。

「事情是由我發現而且知會署方，在取得受害人和署方同意後，便正式報警……。」

是的，一切由我揭發。

□

■

「相信，我當然是因爲相信仔女，即第一證人劉雪蓮的話，才勸她報警揭發這件事。」

——郭主任，我有理由相信她說的是眞話。當然，我指的理由不是具體的證據，而是她的反應。你沒有看見她當時的反應多不尋常，完全不是平常慢半拍愛理不理的樣子，是斬釘截鐵不假思索衝出來的答案。我認識她，那語氣假不來。

——但，陳小姐，由你的描述可知，事件最近一次也發生在起碼兩年前，最早的一次更是八年前的事了，完全沒有人證物證，一切全憑憶述。你還記得張愛芳那案子嗎？沒有證據，說甚麼也沒用。

——我也明白，可是作爲受害人，張愛芳已經死了，死無對證，但劉雪蓮卻尚在人間。

——即使如此，你知道這樣的官司勝訴甚微嗎？

陳小梅是知道的，但一想到吸血殭屍可以肆無忌憚地肆虐便十分懊惱。陳小梅是個全情投入的社工，用心去愛惜每一個負責跟進的仔女，將心比心地去領受他們的喜怒哀樂，聽到劉雪蓮的不幸，陳小梅像自己遭魔囓般受折磨。陳小梅當然知道興訟後勝敗不可測，但可樂杯裡碎雪擦擦碰撞聲中斬釘截鐵的餘音，卻縈繞腦際好幾天。——吳國昌。是吳國昌。——她與仔女眞誠相處，即使並未掌握詳情，單憑感知直覺，她已判定劉雪蓮所說的是眞話。直覺直指人心，超乎有限的事象，她認爲比甚麼證物更可靠。

——郭主任，我們應該以法庭上的勝敗來考慮這件事？抑或旨在讓這件事有一個公平被攤開來審查一次的機會呢？只要事情眞的曾經發生——憑感受、直覺——，劉雪蓮就有站出來指控施惡者的權利。問題是她是否願意出來作證而已。假如她願意，我們就得支持。要是連這起碼的公平我也無法給予，我以後可以教她相信甚麼，依恃甚麼來重新站起來呢？

陳小梅一口氣理直氣壯地說下去，有力有理——我的信心眞的如此堅決嗎？——陳小梅對仔女有擔帶，連郭主任也暗暗被打動。

——陳小姐，公開審訊就表示劉雪蓮得再一次面對自己不愉快的過去。

——現在，陰影不是不存在的，只是見不得光地潛藏起來而已，像一枚伺機爆發的炸彈。郭主任，我在見你之前，曾反覆思量了好幾天。我在想，現在是劉雪蓮一個人獨自承擔了此事的負面影響，施惡者卻逍遙事外。審訊，是唯一可以令雙方都面對事件的途徑。對於劉雪蓮來說，假如由她永遠不去揭那瘡疤，是不是就表示她可以當甚麼事也沒發生呢？我存疑。

陳小梅的努力反駁，看起來立意堅決。可是，她其實更渴望一場激烈的辯論，讓對手拿出更有力的論據來考驗她，甚至把她擊退。可惜，對她十分滿意的郭主任，一早便被她負責認眞的工作態度軟化。

——當然，劉雪蓮是你跟了兩年的仔女，我應該相信你對劉雪蓮情況的判斷。而且，你的分析也很有力。

我眞的做得對嗎？

——陳小姐，我當然期望你的判斷是準確的，期望的結果也能出現，但我必須再一次提醒你，劉雪蓮絕對有可能敗訴。你雖然不重視勝敗，但日後要處理的，可能多於你現在所想到的。

陳小梅的確又掙扎了兩三天，她內心的壓力極大。要不是與劉雪蓮商量此事可如何處置時，劉雪蓮一口便同意報警，顯示出無比的決心，陳小梅其實還下不了最後決定。陳小梅在堅決之中同時糅雜了猶豫，爲一些當時她還未清楚意識到的某些原因而猶豫。

□■

「陳小梅小姐，與她同班的，都是些來自問題家庭的女孩嗎？」

「是的，這是保良局一貫的服務宗旨。」

「例如，會是些怎麼樣的女孩呢？可以舉例嗎？」

「能，譬如是棄兒，父母無能力撫養的，又或者是一些不幸家庭中的受害者。」

「我想問，有來自，譬如說亂倫家庭的女孩嗎？」

「有，但我想強調，不單只有這種。」

「謝謝你的補充。法官大人，這就是我想要問的了。」

這是第三天聆訊，由控方第二證人作供。也就是負責跟進控方第一證人劉雪蓮情況的社工。剛才辯方律師的提問，我一聽便知道是個陷阱。

較早前，有一宗包租公涉嫌性侵犯及非禮租客幼女的案件，受害人年僅六歲，案件由系上一位講師的高足擔任辯方律師。講師用這宗案例向我們解說「事實」的建立及消解。講師說，連他的高足也相信被告有侵犯女童，因爲女童拿布公仔在電視作供，示範包租公如何與她「玩」時，其細節之清晰，是未曾受過這種待遇的女孩捏造不來的。只可惜，受害人的父母被盤問時供稱有看色情錄影帶的習慣，而女童曾經有一次在場看過片段。單憑這一個細節，就把女童由細節建構的眞實完全摧毀。

要知法庭上的「事實」（fact），完全由一小點一小點的「細節」（details）建構；而所謂「整體」的事實，便由微細的小點建構而成。控方不斷用「細節」建構「事實」，辯方則不斷找出「細節」的疑點，以證明「整體事實」之不牢固。一方不斷建構，一方不斷解拆。由於女童建構「事實」用的「細節」，資料來源有可疑，基於疑點利益歸於辯方的普通法精神，包租公被判無罪，當庭釋放。

回到這宗寄養案，辯方律師不見得特別聰明善辯，剛才對第二證人的提問，用的就是這種慣常手法——令人對控方的細節生疑。

但我得承認，這手法雖然普通，有時卻十分受用。

□■

陳小梅不是個第一次上庭作供的證人，自然領會剛才辯方律師一問的用意——咳，問我班裡有甚麼人。——陳小梅知道她在明知故問，目的是套取合用的細節，拼貼到她打算建構的「眞實」裡。這是一場羅生門式的決戰。

陳小梅雖明知問者別有用心，卻不能不如實作答——這本身又的確是事實。——她開始感受到情況嚴峻弔詭。劉雪蓮作供的那一天，陳小梅便聽得特別心驚肉跳。

「劉雪蓮，你在假期會探望生母以至養父母吳氏夫婦，對嗎？」

「是。」

「你在保良局期間，也有打電話給吳氏夫婦，請他們再收養你，是嗎？」

（稍爲遲疑才回答）「是的。」

「你不止一次打電話給吳氏夫婦要求再次被收養，但很可惜，全被拒絕，你因此而懷恨在心，是嗎？」

「法官大人，我反對辯方律師作無根據的臆測。」

「反對無效，劉雪蓮必須回答這問題，」法官用並不強硬的語氣提醒劉雪蓮必須作答，「你可以說說自己的感受。」

「沒有，沒有，我沒有因此而恨任何人。」劉雪蓮顯得有點焦躁。

辯方律師在總結陳詞時，便引用了上述資料以建立兩個重要的論點：首先，劉雪蓮要求重返吳氏家中，那就表示被告並不如劉雪蓮所述般可怕，對她時予侵犯；第二，承上述觀點，有合理理由推測劉雪蓮是因爲終止寄養合約問題而懷恨在心，以致捏造性侵犯故事來誣告被告。

陳小梅在聽到那段對話的刹那間，確實是連她自己也懷疑起來的，稍一定神，才走回自己的思路裡重新檢查那對話的意義。劉雪蓮在假期探望養父母，陳小梅是知道的。劉雪蓮希望吳氏夫婦繼續收養她，陳小梅也從側面「感受」到，但一直不以爲意。直到此時此刻，陳小梅含混地「感受」到的印象，被辯方律師簡約化爲一句意義清晰的問句、一個具體的行爲時，——你曾經打電話要求再次被收養——一切被狹義化爲具體、可道明的「細節」，再拼貼到一場有上文下理的盤問當中，的確出現了她從前未有想及的效果——劉雪蓮所說的性侵犯「事實」存在矛盾。要求回到「惡魔」身邊，怎樣說也是普遍常情下一個値得注意的點子。

這的確是一個値得注意的點子，要是由我來做辯方律師，我也會這樣點出來。課堂上導師講解法律的基本精神時，便開宗明義指出，對於法庭來說，所謂合理疑點（reasonable doubt）、矛盾的提出，所據者不是特殊人物的特殊理解，而是合乎常人（reasonable man）之情的普遍常理。辯論上所依據的一切事理，由無數合理（reasonable）常情歸納而來。

這的確是一個値得注意的點子，可是陳小梅身爲社工，每天正要面對一些充滿矛盾的人和事，沒有「矛盾」就不足以成爲她要跟進的個案。「矛盾」於她，是另一種見慣不怪的「常情」；只是，她從前的確忽略了這一「矛盾點」而已。劉雪蓮與姓吳一家人的愛恨糾結比她想像中更形複雜，她也忽略了劉雪蓮對家庭、可以保護她的父母親的渴望。對於劉雪蓮這一面，陳小梅現在赫然意識到原來不經意地漏掉了許多。如今，當一些她已知的事情被煞有介事兼且另有用心地刻意剔出來切割玩味時，的確對陳小梅產生提醒作用。只是，她與辯方律師就這「矛盾點」得到不同的啓示而已。

人本來就充滿不可解釋的矛盾。有時，矛盾的存在，反倒見出人與事的眞實。當然，這只是身爲社工的陳小梅的思想方法，對於辯方律師而言，她有她的另一套思路。

■

聆訊分五天進行，我目睹每一段情節每一個動作被孤立、肢解，再放大、慢鏡重播、定格分析……，然後再被雙方重組。即使都是些已知的事件，卻因爲這細剖與重組而有不少地方驟感陌生。用另一雙眼睛檢視我以爲已很飽滿的「事實」，原來可以看出那麼多的罅隙。

我開始感到劉雪蓮內心深處一些微妙的變化，原來我其實並未完全掌握。可是，人對另一個人在情感上的認知，能絕對化嗎？我當天與劉雪蓮談報警一事，她一口便答應，現在回心一想，她眞的明白採取這行動的意義與代價嗎？劉雪蓮當時說明白，又是不是眞正明白？每天聆訊，控辯雙方在苦戰，而我則在思想上自我交戰。

劉雪蓮除了作供與被盤問那天早上到場外，其餘四天的聆訊（以至宣判當日）都沒有來。只有我，這個跟進事件的社工，以及被告一方的親友，才在不用作供的日子也出席聆聽。我們都是局中人。局外人而踴躍到場的，就只有在案件開審那一天（與宣判那天），看他們抄呀抄的，一望而知是報刊記者——不，還有一個女子是例外的。這女子每天也來，卻不抄不寫，獨個兒細細地聆聽。我從彼此偶然交換的陌生眼神中，知道她不是一名記者，起碼不是跑日報的記者。我沒心思進一步揣測她的身分，只留意到她的存在。

我由事件被發現那天開始，便被一種悲觀悽惶的感傷籠罩。我不知道每天以上庭聽審爲業的記者會對眾多的人間不幸有何感觸，作爲一名社工，而且不是新丁，我卻每次也不能舉重若輕，甚至不時會否定自己努力工作的意義。一個社工對仔女的定期常規約會眞的有用嗎？不是出事了，鬧大了，我還不知道劉雪蓮有如井一般深邃的心理困惑。無所知，又如何救。法庭對她與其他人的盤問愈深入，我愈感到對她的認識何其浮泛。

我知道自己的缺點。我是一個極度投入，又極度抽離的人；積極工作，同時又不停質疑自己對工作的肯定。

□

我已經是第六天出席聆聽這宗寄養案了。我發現除了被告、法官、檢控官、辯方律師與被告一方的親友外，六天也到場的，還有這位控方的第二號證人，負責看管劉雪蓮的社工。這個纖瘦的女子總是把眉壓得低低平平的，神色凝重。我對她很感興趣，故意找一些可以看見她正面或側面的座位，她會留意到我也天天到場嗎？很想知道一個社工聆聽一宗由她跟進的個案時，心情會如何。

我是個法律系一年級學生，我聽審，純粹是出於對學業的熱愛。旁聽案件，不是導師委派的功課，是我自發的好奇，我急不及待地想抓住一種實感。

現在要提交的功課，都是些抽象化的背景擬設。課題會問：A戶主的呼吸系統受損，鄰居B的花園連續五天均有燒焊工程。戶主A告到法庭去，B鄰居要負法律責任嗎？

答題要設想各種可能性，思索在甚麼情況下鄰居B有罪，罪犯何條；又在甚麼情況下鄰居B無罪。我們要想出很多點子來，譬如說兩戶之間有樹木分隔嗎？（出題者是位外籍講師）當時是甚麼季節？吹甚麼風？天氣的濕度以至溫度在工程中的五天內如何？受害人的起居習慣，以至十年來的身體狀況等等。出題者要考驗我們的思辨與組織能力。

法官剛才的結案陳詞就可算作一篇極好的功課，肯定可以拿A。我共聽了五天聆訊，連結案這天是第六天。五天內擺在眼前的，是各種各自有理的不同說法。由一大群你不認識的陌生人活生生、實實在在地用不同表情去陳述各種立場，原來是很難「鑑貌辨色」便「立判眞僞」的。要在紛亂的事象中下一個判斷，挑戰比我的家課強多了。憑女性的直覺，我其實不大相信被判無罪的被告是「完全清白」的，但有罪到甚麼程度，是否一如原訴人所述般邪惡則始終是個謎。可是，即使我私底下有這種直覺，我仍然同意法官的判決。作這個判決看似不難，但作出這個判決背後複雜的運思，卻充分顯示他的考慮全面而縝密。

法官的判詞，是我唯一有用筆記簿抄錄下來的部分。我因爲收拾筆記本子與原子筆，而比被告一家人與記者走得晚，我忽然想起那位社工，我還記得她的名字，陳小梅，卻仍未有離開的意思，她整個人像繫了石頭般沉沉地端坐著。

一件案件的審理，總有勝訴與敗訴的一方，我知道她站在女童那一邊，也就是敗訴的一方。

■

我終於捱到聽取判詞的一刻了，法官宣讀判詞與判決後，我整個人也驟然虛脫，像塌下來般崩頹於旁聽席的坐椅上。我極度失落，卻不完全是來自法官的判決，法官的判決在我聽了三天聆訊之後便預計到。當一切都模稜兩可時，疑點於被告一方有利，我只因發現了劉雪蓮一些從前未有發現的心理糾結而頹然。我在法官離席時的起立鞠躬是出自眞誠的深鞠躬。我尊重小島的司法制度，可惜清官難審家庭事，屬於人心的糾結，官也斷不了。

我其實已不大計較這場官司的成與敗，反正勝訴抑或敗訴，我都得面對一個人，一個需要別人扶她一把的孤立女孩。官司有官司的了斷，我只格外留心劉雪蓮說過的話，劉雪蓮所說的話，無非只有眞與不眞兩種可能，眞也好，不眞也好，都顯示她心裡有很多糾結。面前的路，可以怎樣走下去呢？一想到這個沉重的問題，我便虛脫無力。我必須承認，我低估了法庭所考慮的「常情」與人心充滿「矛盾」之間所造成的衝擊，也低估了通過審訊來「面對事實」的震撼力。問題給掏出來後，一定比未掏出來時的模糊狀態來得複雜。劉雪蓮的情況雖然並不是完全出乎意料之外，但卻比從前意識到的難處理。

法庭審訊的，是獨立的一件事，審結了一宗案件，便清理掉一個檔案，而歸我去處理的檔案，此刻才進入高潮。

□

別說審理完一宗案件，就是聽完一宗案件的審訊，我也疲憊不堪。一步踏出地方法院的大門，面前是開闊的休憩廣場，白水泥地赫然反照出一片豁然開朗。把廣場重重圍起來的，是三棟玻璃幕牆式的政府大樓，在晴空無雲的日子裡，折射出一片明亮的銀光。地方法院之外的高等法院，同樣教人暢朗愉悅。轉乘幾道自動電梯，再拐一個彎，就是與公園毗鄰的高等法院。高等法院門前有一池清水，輕風吹皺，令硬綳綳的法院加添了流動的自然感。由水池旁邊的行人走道往外望（也是微微地往下望），在如今天這般的天氣裡，是碧藍晴空與閃動著銀光的湛藍維多利亞港。原來，如果我不是犯人，也不是受害者或他的家屬，小島的法院其實亮麗動人，明朗清爽。

若說小島的建築之美可觀，足以安排一天半日的遊覽去細心賞玩，那麼，會不會有另一種一日遊，讓本地或外來的過客也瀏覽小島大大小小的司法機關，例如審案的法庭呀、各式各樣的審裁署呀，還有不同區域的裁判法院。

建築之美，標記著人類文明的發展。而法院的架構，司法機關一層一層運作程序的生成，於我來說，同樣是人類建築起來的一種美麗。

一九九七年五月

我要 養**狗**

那海報是曾經消失過一段日子的，這一點陳媽媽十分肯定。只是，想不到大廈管理處再次張貼海報，勢頭會比前一次兇那麼多而已。

陳媽媽是個六十來歲，享兒女福的退休主婦。今天中午，陳媽媽一如以往，悠閒地耍完太極，與退休了的丈夫陳爸爸享受過早茶之後，兩口子便安閒地買菜回家。今天陳爸爸有事，陳媽媽獨個兒先行回去。而那張海報，就是在大堂等候升降機時看見的。海報上有一隻齜牙咧嘴的狗頭圖案，上面是一條粗斜線，下書：不准飼養寵物。海報映入眼簾，陳媽媽的心情由晴轉陰。爲甚麼要是一條狗，不可以是一頭貓，一尾魚嗎？難道牠們就不是寵物？幹嘛淨針對狗。魚箱洩電，隨時可以家毀人亡，又不是狗才有最大的殺傷力。

陳媽媽的心情一再轉陰，憂心忡忡又憤憤不平。忿忿然步出升降機，忿忿然拿鑰匙開閘，又忿忿然扭開大門。大門甫打開，才露出一道縫，就鑽出小波波的毛毛頭。波波照例地快樂，照例在主人身邊跳來撲去，喜迎主人歸來。陳媽媽給小狗一逗，甚麼怒氣也沒有了。才剛放下手挽的沉重餸菜，就抱起白色長毛拉薩狗小波波親了又親。

「乖呀你，那些壞人又再針對你啦。哎，眞可憐。」

波波自然不懂得狗命堪虞，像小孩般被抱坐主人膝上，用舌頭舐主人的臉，甜得陳媽媽更加傷感，幾乎由陰轉雨。

「別擔心，海報本來就是定期更換的嘛，是教所有偷偷養狗的人不要太過分罷了。還以爲家裡出事呢，又急Call又打手機。」陳媽媽不敢直接打到小紅的辦公室去，就按女兒留下的傳呼機呀手機呀急找女兒。陳家的女兒都十分孝順，小紅的傳呼機和手機是專爲年邁雙親而設的，她本人完全沒有這個需要。

「才不是呢。你還記得嗎？最初只是一隻狗的剪影，上面兩條輕輕的細交叉線。而這一次卻厲害多了，是個張牙的狗頭，另加一道粗斜線。我看得出背後不懷好意。」鎖眉深思的陳媽媽沒放過剛下班的女兒。女兒小紅的手提包還未卸下來，陳媽媽便急不及待地要把一切相告，她期望從女兒口中得到一些可以令她寬慰的答案。

「都偷偷養了兩年啦，兵來將擋，有甚麼好怕。」

「就是已經養了兩年才最慘，有感情的呀。你記得嘛，自從你爸爸在廚房攀高跌下、暈倒地上之後，你爸爸一攀高處，波波就吠、就阻止。狗是有性的。現在才迫我送走波波，你殺死我好了。」

「以後小心一點就沒事的，別帶牠到外面散步了。」女兒一邊脫鞋一邊說。

「不去了，不去了，就藏在家裡。」

陳媽媽的憂慮因爲全說出來了而得以紓減，人一輕鬆，她便回復機靈，「小紅爸，我想出來了，不如在大廳與走廊之間加一個木欄，平日我們外出，就把波波關在走廊裡。波波專吠外人，特別是巡邏的管理員。」正咬骨頭的波波聽見主人喚牠的名字，咚咚咚地走到主人跟前，搖著尾巴注視主人的一舉一動。

「好，明天就去買木板。」

已換好衣服的小紅指著蹲在母親面前的波波說，「看，牠已胖得像羊，再加一個羊欄，這裡豈不成了牧場囉。十八樓養的羊羊呀。」波波的尾巴不斷打圈，站起來用小手趴小紅的腳，要小紅跟牠玩。

擔憂過後，陳家這個父慈女孝——包括小波波在內——的模範家庭，在城市裡又開開心心地生活下去。

直至某一天，不得了。陳媽媽終於病倒了，而且胃抽筋。一切從第三款海報貼出後開始。

第三款海報上書：再次重申，嚴禁飼養寵物。上面的狗頭，是風格比第二款寫實的鬥牛㹴，形相兇猛可怖，就要跳出來噬人似的，粗斜線用代表危險的紅色。

第三款海報一出，丈夫的羊欄，女兒的安慰也解不了她的心結，日復一日，竟鬱出個病來。陳媽媽不但頭痛、胃痛，更刺激得血壓飆升。這天，吃過藥後，便沉沉入睡，床邊是盤睡著的小波波。

女兒小紅回來了。自從母親近來身體不適，小紅回家後必先往母親房中問候。

「小紅，他們憑甚麼干涉我在家中養狗?!」陳媽媽問的還是情況轉趨嚴峻的狗問題。

小紅不想回答這問題，故意岔開說別的，「不是加了木欄杆嗎？不出大廳便沒事的。」

「他們來收狗我就跟他們拚命，又沒有犯人，又不是廉租屋，房子是自置的，連分期付款也償清了，私人大廈，私人地方，難道我在自己的房間裡養條狗也沒權嗎？」

「不是還未有人真正上門干預過嗎？放心吧，有事包在我身上，大不了我就與波波租住村屋。」陳小紅半開玩笑地開解陳媽媽。

「我就是不服氣，屋是我的，公家地我從沒讓波波弄髒半分，波波甚至比那些愛從窗口拋垃圾的人還有道德。我們也從沒讓波波咬傷鄰居，波波更沒有夜吠的習慣，也沒有人投訴……，總之是在這樣的情況下，我也沒權在私人地方養一條小狗嗎?!」陳媽媽愈想愈激動，她年輕時精明能幹，當她那本來十分精靈的腦袋一轉起來，情況一發不可收拾。陳媽媽開始認真地思考另一個問題，那就是她的權利問題；用時髦一點兒的字眼來說，是關乎陳媽媽自己的人權與波波的狗權問題！

「小紅，你認真地告訴我，他們有權趕走我們嗎？假如我堅持養狗。」

小紅給問得語塞，只好如實作答，怯生生地說：「原則上……是可以的，因爲……大廈公契裡有這條規定。」

陳媽媽不忿，翻箱倒篋地掏出一大堆當年在律師樓簽署的樓宇買賣文件。文件當時是簽署了，但說實話，內容從未認眞細看。陳媽媽架起老花眼鏡，泡了杯濃茶，嚴肅沉著地叫小紅找出那項條款給她看。時已入夜，在大廳吊燈的照射下，陳媽媽與小紅煞有介事、專注地翻讀文件，態度異常認眞。波波也湊熱鬧地躍到餐椅上去，半個狗身趴伏餐桌上，也來嗅文件。果然，在一份微微發黃的文件的第三頁第二段第六行詳列道：「物業持有人同意在本大廈之內，不准飼養任何寵物，違例者……。」

陳媽媽的長城崩潰了，整個人頹然敗倒在餐椅之上。

是的，大廈公契就是一份合約。城市生活裡有千百種合約，你錢包裡的信用卡是你與銀行簽訂的一份合約；你買一件電器用品，有一件電器用品的合約；你把衣服拿去乾洗，收據背面說明在甚麼情況下才會賠償，最多賠多少，這也是一份契約。契約多得你不在意、不自覺，彷彿不存在。直至某一日，當你一下失神，踩進違約陷阱裡去，平日隱而不見的無形之手，就會放大再放大地在你面前出現……。

一九九七年八月

學生 · 運動

第一次寫大字報

算起來，竟然是十六、七年前的事情了。是我熟悉的一個人——實不相瞞——我姊姊的一件往事。

那天傍晚時分，從沙塵滾滾的旺角補習社下班後，我立即趕回上環與姊姊會合。打從那時起，我回上環最快捷的方法是搭乘地鐵：上環地鐵站於三天前慶祝通車。由簇新亮麗的地鐵大堂走向出口，途中每道電梯與大堂都有裝飾及彩帶夾道歡迎，節日氣氛濃烈。由永樂街出口正式走出地面，夜，清涼而半透明地在眼前鋪開，再迎面吹來一陣夜風，正好滌蕩半天疲勞。相比之下，簡樸而寂靜的上環之夜，比張燈結彩的地鐵大堂來得更自然。

我從永樂街向右轉，再拐三、四個街角，就是與姊姊相約的會合地點。走了幾分鐘，我老遠便看見姊，瘦瘦的她背著個大背囊，在一家已拉上鐵閘的海味店前等我。

「累吧，學生難教嗎？」姊姊一邊走一邊關心地問我。

「還好，他們都很緊張會考成績，尚算聽教聽話。」

兩姊弟默默無言的時候居多，並肩走在港島區陡峭的窄細小街，在島、岸邊、小街小巷的全幅畫圖裡，竟有點歐洲的味兒。

「到了。」

我把姊姊領進一家寫著冷氣開放的粥麵店，念法律系的學長已在。

「你好。」學長伸手與姊姊握手。

「你好。」我看出姊有點靦腆。

個子高高的學長身穿退色的深藍恤，「西安大學」四個大字已給洗得有點模糊，再加上一臉鬍鬚渣子，任誰也猜到學長又忙得沒時間好好梳洗了。我與姊姊坐在卡位的一邊，學長坐在對面。大家都餓了，很快便各自點了麵食，一邊吃一邊談正經事。一俟姊叫了雲吞麵，我叫了炸醬麵，學長叫了豉油皇炒麵與皮蛋瘦肉粥之後，我們便直入這次見面的主題。

「你姊是第一次寫大字報嗎？」要回答這問題的是我姊，但學長卻略為矜持地向著我說。

「是的。」我姊自行點頭回答。

這下子學長清一清喉嚨，微笑著直接朝我姊說：「你的用字，似乎，有點不太謹慎，」

他在我影印給他的大字報副本上指指點點，態度客氣卻沒有半分隱瞞，「譬如說，這句話說得太絕對……有些話，即使你『覺得』千眞萬確，一旦落爲文字，在未有證據之前是不能這樣說、這樣寫的……你這一句沒有爲自己留點後路……」

……這是我平生第一次寫大字報，行文用字魯莽愚蠢，這在事後已隱約感到。可是，現在被一個陌生人指指點點，而且每下也直擊要害，身爲受批評的當事人，實在難掩羞愧，整個人像洩氣的氣球，突然縮細了一半。要是身邊有個洞，我會第一時間鑽進去。我想，我的臉開始漲紅。粥麵店雖說冷氣開放，但店面無門，只蓋以兩頁包書用的透明塑料布，熱風在透明塑料布一揚起之間湧入，與灼麵用的一窩沸騰熱水冒出的白煙一起撲過來，我的臉，益發漲紅。我……

「我」甚麼了……。「我」其實不是甚麼「弟弟」，「我」就是那個勇氣有餘、智謀不足的「姊姊」。我眞正有一位弟弟，他在事件上也的確扮演了如上述的角色，但此刻的敘事者是——我，那個「姊姊」。這樁「校園逸事」在好長好長的一段時間後已沒人提起，可是在剛發生後的幾年間，它成了同系師生間傳說的「神」話；系裡的氣氛愈差，這件逸事便愈被神聖化、添鹽加醋。只是，每次憶及此事，我總難掩沮喪，百感交集。十多年來不但沒有在人前重提，連想也不去想。於我，當中沒有太多光環，卻有一大堆不知如何消化、不可名狀的感觸。大字報事件，不是一次外在的社會行動、校園運動，是我一次內在的、複雜而豐富的人生之旅。有好長好長的一段時間，我就讓它死死地鎖在塵封的盒子裡，不去觸碰。只是，涼夜裡走在歐洲風味的小斜路上所帶來的感覺、粥麵店裡騰在白色熱霧中的一句問話：「你第一次寫大字報？」以及雲吞麵炸醬麵皮蛋瘦肉粥之間的羞愧沮喪，卻不時在夢與非夢裡閃回。

弟弟與所謂的學長不是同系，只是同屬國是學會。弟弟念經濟，那位學長念法律。只有大學才有法律系，於是我這個研究院的學生要向在大學念書的弟弟求救。

要找弟弟念法律的學長襄助，緣於某夜的一個電話。

那晚接近凌晨時分，家中已燈火全熄，睡夢中電話鈴聲轟然乍響。那夜我沒有在宿舍留宿，與妹妹在起居廳並排而睡。我有預感那是找我的，匆忙從尼龍摺床跳起來搶接電話，怕吵醒在沙發熟睡的妹妹。

原來是朋友通風報訊，有人看見，被我用大字報質疑試題徇私的系主任早上曾約見律師，他要告我誹謗。報訊者說：「他下狠心要扭著你一齊死。」

父母都知道我「生事」，父親不加壓力，也不表示支持。母親則非常擔心。

「人家在街口伏擊，找人打你一頓就夠好了。」母親受公共屋治安日壞的影響，設想了各種害命情節。五年前，我便令她一夜白頭。現在的黑髮，都是染出來的。

我是家中長女，在收生率大概是十比一的年代考入大學，對弟妹起極佳的示範作用，尤其令生逢戰亂、連中學也沒念完的父母欣喜萬分。可惜就在以「認祖關社」（認識祖國，關心社會）爲主題的三天迎新營回家後的那個晚上，我胸口疼痛入院，一驗之下，竟然是肺癆，醫生說要休學一年。三天迎新營裡不少人說我白裡透紅，面色好看，其實是我一直低燒。後來，我沒有休學一年，只是比一般人晚入學四星期，那是另一個故事了。

母親總是猜不透她這個女兒的命數，在我身上的好消息，總是買一送一地附加一個兇險。得以考入大學，換來一場癆病；考入研究院了，又惹來一件麻煩事。母親有她看事物的邏輯。雖說母親十分擔心，但是在她的經驗視野裡，最難搞的是肺癆病，連這也可以解決——包括把我從八十九磅的病軀補養至罕有的一百二十磅歷史高峰，方法是送飯送湯水入大學，二十年前，假如你看見一對母女異相地在筆直的大學百萬大道上喝湯吃飯，那尷尬人很可能就是我。母親深信，世界上沒有解決不了的事情。我承受了母親遇強愈強的生命基因，以體力不夠必須帶葡萄糖水上學、每天下課後六時前要趕出市區打針的姿態，在大一那年考了個全班第二名。大學生活成了我的轉捩點，生命在大病不死後益發充滿力量，學海無涯卻其樂無窮。那時的人並不作興念研究院，大學畢業已相當足夠，可是我卻欲罷不能，一股無窮無底的奇妙力量叫我要向更深處鑽探。

就在研究院一升二年級那年，我因爲別人升讀研究院的問題而搞出了大字報這件事——懷疑有老師在研究院入學試題上徇私。由於我寫大字報不涉及個人利益，而另一方在惡名昭彰之餘涉及徇私，一開始便正邪二分。給稚嫩的正義感衝得頭腦發熱，令我下筆寫大字報時失了分寸，引來的麻煩困擾，就由這位法律系男生用他正修讀的專業來替我梳理。

「你是有可能被告誹謗的。……但即使有贏面，也不表示他會採取行動。……看來對方是犯不著對你興訟的，他會得不償失。……」

這次法律意見的費用是一碗皮蛋瘦肉粥及一碟豉油皇炒麵，帳單由弟弟搶著結付。聽了他鋪陳各種可能性，我心踏實多了。我不怕知道會被告，而且會輸，結果是一回事，過程是另一回事，我要學習冷靜地在千頭萬緒中理清自己的處境。這一晚的最大收穫，是目睹一個與自己年齡相若的人演繹甚麼叫冷靜、謹慎、持重與成熟。我打從心底裡有所悟。忽然想起，我念的那個語文系有女生化的趨勢，而且都是由中學直升上去的學生，當中不論男女，也少見這種形象。那位學長給我的，與其說是甚麼內容，不如說是抽象的感染。那夜的感覺十分奇妙。

離開粥麵店後，弟弟與他的學長走在前頭，我故意落後一兩步，讓他們談個夠。

「……我想從法律與人情之間的關係來回應這件事。……我承認政府有她的立場，但市民在贊成與反對之前，先要搞清楚一些觀點……」我知道他與弟弟在說甚囂塵上的郭亞女事件，還有那位陳姓女高官。

「我也來，你今晚就在屬會室過夜嗎？」

「大概要通宵吧，明早傳眞各大電台。」

「我來時用不用帶些甚麼給你。」弟弟問他的學長，看得出他們關係很好。

「不用了。」學長與我們在路口分手，他回他的大學，弟弟目送我到地鐵站便轉身回他租住的「迷你宿舍」趕功課。我知道他有他的生活。

自那天之後，我的大字報事件一拖便三個月，困難與挑戰接踵而來。我要學習與老師們在相異的立場下開會，學習想清想楚之後用字謹愼地逐一回答提問，頭腦不可混亂，說話不要囉里囉唆的。我也要學習撰寫思路清晰、逐點駁斥的回應文章。還有，學習穿起套裝西服，扮一個成熟的大人。從此，套裝上班服不論款式不管顏色，總給我一種戰衣的感覺。一經穿上，就會自覺：「唔，打醒精神，要戰鬥囉」。我知道在我考入大學之前的七、八年前有過所謂火紅的年代，可是那已經是很久很久以前的事了，校園在步入另一個世紀，不斷往歡快輕鬆的路子走去。此後的校園，不是十年一代，據說五年、三年就是一個新世紀。在轉型的過渡期裡，我不合時宜地無端燒起一堆旺火，在系裡沒有前例可援，一切只好按常情、道理、人情行事。我這堆火不管被怎麼詮釋、被怎麼美化或醜化，也自知燒得有點偶然，有點莽撞。

無論如何，大字報事件總是要進行下去的。我由最初因過分勇猛而胡亂掀頭，之後誠惶誠恐步步爲營，到三個月後愈戰愈沉著踏實，是一次個人的學習。在體力透支中，我逐漸掌握分寸。三個月裡我並非孤軍作戰，有三四位已離校的同班同學於下班後幾乎每天也跑回大學爲我打氣，與我一起重聽有錄音的會議紀錄，檢視各種系方的解釋文章，巡視大字報的回應欄，一發現新問題，就促我及時申論。三個月裡，是思想、觀點、說話邏輯、以文字爲利器的激戰與交鋒。

在爭取到一場師生全體大會以檢討事件後，掀然大波就算暫告一段落。表面上沒有老師要爲事件負責，與此同時，最初對我的指控，如「誣告老師」、「破壞系譽」、「開除學籍」也沒有落實。研究院方面答應於此事後檢討試題機制。事情就如此這般地劃上句號。

就在師生全體大會完畢的當天，我與一大群參與其事的朋友、同學都沒有即時分手，大家都知道彼此之間仍被一種繃緊的張力籠罩。我們沒有多言，很有默契地在學生飯堂喝下午茶，試圖鬆開一些甚麼。

席間，幾口咖啡後我突然想吐，胃裡翻江倒浪，猛然的一下噁心。我霍然而起，風也似地衝出飯堂，在飯堂側門外的石級看台上停下來。烈日當空，我向著看台下湛藍清澈的泳池嘩的一下失聲嚎哭。就像麻醉藥過後，該痛的地方都在劇痛，一枝枝箭拔下來後傷口會淌血般應然。在我成長的那個年代，父母輩多生於戰亂，長大後我們識字比父母多，於是代表智慧、用知識哺育我們的角色，由學校、學校中的老師扮演；而我，由最淳樸的女子中學升讀大學：中學時大家都穿短運動褲打底，下課後一手抽起旗袍校服便打球，反正必然沒有男生在場；在校內溫課遲走，校門大閘上鎖，一抽起旗袍就爬鐵閘，平日被我們背後喚她冷面東菰頭的副校長知道後對校工說：「不要催溫課的同學離開，鐵閘入夜之前虛掩算了。爬鐵閘，多難看」，這句暖暖的說話竟被我在教員室取粉筆時聽見了……。於是，大字報期間要與一群大學老師、想像中更高級的知識精英交鋒，當中沒有簡單化的善惡二分，卻照見人生的複雜，算是另一種成長經驗。在那三個月裡，我想，他們、我要承受的，已經不是或成或敗的結果。

回頭說那位在粥麵店出現過的法律系男生，在那三個月，以至往後的日子裡再也沒有機會遇上。真實人生始終不是廉價小說，尤其是廉價的愛情小說，他英雄式的出現並不是下一段情節的伏筆，完了就是完了。那三個月，縱使我再困頓乏力，也沒有廉價形象的英雄突然搭救；反之，我深深地明白，即使身邊有朋友、同學、學生報、學生會斟酌對策，最終還得靠自己演繹，靠自己度過一重又一重的難關，也靠自己收拾留下來的、可能影響自己好多年好多年的尾巴。最真實的成長就是如此。

那一個暑假以後，世界一下子變得深邃了、複雜了、稍稍沉重了，也同時廣闊了。

粥麵店那夜，弟弟與學長邊行邊談正經事，是另一幅經常縈繞腦海的畫面。那位學長現況如何我無心查究，生活的步伐匆促，各自上路，倒是那晚與學長同行的弟弟，在當了幾年跨國銀行的高級經理之後，竟毅然轉業，一番努力下，現在成了一位盡責稱職的檢控官。

二〇〇二年八月三十一日

是「五子」還是「七子」

清脆的下課鈴聲響徹校園，正午籃球架上幾隻小鳥受驚，一飛沖天時在邵芷珊耳邊傳來撲翼的聲音。邵芷珊自三樓走廊回教員室，悠然目送鳥兒飛遠，晴空無雲，襯得陽光下的校園格外醒目。下課鈴響過才不到一分鐘，精力過人的學生便滾地珠子似地散落在運動場上，又一個喧鬧的中午小休。大學畢業才一年，邵芷珊萬萬想不到自己會完全投入代表「甚麼也不准做」、「不許犯錯」、「僵化」、「灌輸」的中學教育——從前在學生會，他們是這樣來概括中學教育的。在邵芷珊那年，以及在她之前之後的若干屆學生會，反叛大多來得特別賣力「出位」，他們不會議而不決，尤其喜歡身體力行的實際「行動」，是講求實效的一代。

「芷珊，麻煩你，可以替我看看是資料出錯嗎？」負責公民教育的馮老師很有禮貌地請教她，並遞上一疊從網上下載與《公安法》有關的材料，「究竟是『五子』還是『七子』？我都給弄得混淆了。也真沒記性，才不過是兩年前的事情罷了，只記得一些框框。」

邵芷珊隨手翻看，是兩段不同報章、不同日期的報導。一段是：

二〇〇〇年八月十六日，五名大專同學因六・二六胡椒噴霧事件正式被警方拘捕……

另一則報導是：

備受社會輿論爭議的「六・二六」學盟七子被捕事件，港府正式宣布撤銷檢控十七名因反釋法而被捕的示威者……

「喔，究竟是『五子』還是『七子』呢？」一時間連邵芷珊也給問倒了，「五」與「七」，十七、六二六在邵芷珊腦海裡打轉。

都是邵芷珊當大學學生會副會長、學生聯盟外務秘書時參與過的事件。是的，那時有極廣泛的傳媒報導，她答應過父母不接受任何傳媒訪問，父母才勉爲其難、無可奈何地默許她搞運動。那年自四月至十二月，就形勢而言，他們彷彿是身不由己，被簇擁著給推向前的，即使他們完全清楚自己在做些甚麼。

「讓我想想，轉頭覆你，小馮。」

馮老師高興地連聲道謝，這下可讓她省卻不少再找資料的麻煩。

邵芷珊接過任務後認眞地追憶往事，……那彷彿是個特別炎熱的夏季。在邵芷珊的印象中，彷彿愈步入炎夏，整個社會便愈躁動。二〇〇〇年那下半年，在屬會室開會、寫聲明、上街示威，成了她在大學的主修科目。往事紛紜，教邵芷珊思潮起伏，也挑起她的倦意，畢竟已投入地教了半天書。

「邵老師，」馮老師喊與她隔一行辦公桌的邵芷珊，「明天我請吃飯，慰勞慰勞。」

這是家新校，同校教員都很年輕，彼此相處融洽。邵芷珊一離開大學，由給她讀書的校園轉到要她教書的校園，奇妙地也自然地滑入了完全不同的另一種狀態。她一直認為，在一團糟的中學教育裡，她有幸碰上一所絕無僅有的好學校。

中午小休二十分鐘，小休後邵芷珊有一節空堂，之後再上三節課便完成一天的教務。每月辛辛苦苦地工作，邵芷珊的薪金四分之一供養年邁父母，四分之三自用，丈夫顧家又成熟，有需要時又肯開明民主地陪她遊行示威，如此的個人生活確實沒有甚麼好埋怨的了。尤其是，要革命嘛？自己早已革命過，青春無悔，收心養性起來也分外無憾，是人生不同階段的不同抉擇。邵芷珊呷一口熱茶，教員室內鬧哄哄的各有各忙，喧鬧聲中，她翻弄馮老師交來的一大疊材料，往事浮想聯翩，在腦海裡湧現得更加活躍。她想起三個月前週六晚上的一次見面，地點是「六四吧」，一個賣酒也賣一種特殊情調的酒吧。碰面的，正包括馮老師那疊材料上提及的「五子」、「七子」中的若干人。

酒是一種最好的鬆弛劑，再加上暗得柔和的燈光，人會在氣氛與酒精刺激下放到最鬆最軟，於是挖苦人的與被挖苦的都不當一回事。

「你怎麼比那些『忽然愛國』轉得更快啊？芷珊你眞討厭，一點也不可愛了。」馮家駒作狀要批判她。

「拜託你千萬別覺得我可愛哩，我丈夫吃醋。」芷珊嘻笑著還擊，即時換來一陣噓聲。

邵芷珊當年在校內大張旗鼓倡婦解，擁抱女性主義——起碼擁抱了兩年零八個月，即自大二加入學生會至畢業後結婚前的八個月——，高喊反婚姻反家庭制度，誰也沒想到她會最早結婚，而且走進建制當起中學教師。「當時與現在都是眞的啊！」她搶著辯白，「原來教書是很有滿足感的，有很多感覺要實際生活過才知道。」又是一陣噓聲。

那晚一直也談得很好，直至有人突然稱讚廖志遠和馮家駒：「還是這兩個小子言行一致，貫徹始終」，氣氛於此像急煞車般叫大家一下錯愕。

要不是有學生找邵芷珊——「邵老師，我忘記帶家課」，打斷了她的緬想，就像當晚有人不小心打翻一杯啤酒，氣氛的確會在急煞車後急轉直下，這絕對不是座中每一個人所樂意見到的，他們不需要沉重。沒有帶家課的小可憐走了，另一個學生又來找邵老師，學生與老師，大家都在小休裡忙得團團轉。

當然，再忙再亂也及不上那超過半年的大紛亂。那年頭流行數字，日期加上「事」「件」兩個字就是某次行動的一般稱謂，大家都明白。眾多數字事件中，六・二六大概是較觸目的一樁吧，那是一些人爭取居留權，爭取者、示威者與警方發生衝突，警方用胡椒噴霧——還被攝下用了拳頭——驅散人群的一件事，胡椒噴霧的使用被批評離示威者的眼睛太近。事過境遷後再重溯往事，一塊一塊地併合記憶之圖，邵芷珊反而比當時更注意事件的邏輯關係；這件事與他們大學生的關係：一，學生關心社會，回應社會上一切不公義的議題，一如當年有學長學姊關注籠屋居民、臨屋狀況，現在他們反對人大釋法，都是一樣的事；二，六．二六被捕的示威者中有五名是大學生。往事在邵芷珊的腦海裡回溯到這一段，屬於馮老師要知道的答案已浮出來了。

比六．二六事件更早的有四．二○事件，即四月二十日的「反對大學分科收費大遊行」，這是直接與大學有關的運動，學生聯盟有五人因「非法集會」而被捕。四．二○、六．二六各有五名大學生被捕，當中有三人重複被捕，於是被警方拘捕的大學生實數爲七人，剛好全都是學盟成員。因此，既是「五子」，也是「七子」……

小休結束的鈴聲響起，教員室一下子回復寧靜。二○○○年，有人說它只是二十世紀的結束年，有人則說它是廿一世紀的新開始，何時是開始，何時是結束，看你如何計算吧。二○○○年的一切，如雪球般愈滾愈大，既是你認同的方向，卻又彷彿有點不受控制。最初不過糾纏於公安法、居留權、反人大釋法幾個大得不著地的議題——要不是有所行動，這類議題看似危險宏大卻十分安全。對於邈遠得如在天邊的人大組織，在另一遠方示威的學生可以有怎麼樣的殺傷力呢？大家都知道無非是高舉一些原則、框框——起碼邵芷珊他們當時有過一點點這樣的想法，與失望。就在多線糾纏中，忽然殺出迫近身邊的大學「民意調查事件」，大學校園忽然具體地有被政治陰霾籠罩之嫌，戰況突然由虛入實，不少人被激出一點彷彿可以實戰的興奮。誰知一波未完一波又起，在揚起的躁動中，傳來入境處職員被爭取居留權人士燒死殉職的消息——赫然鬧出人命，如迎面潑來一盤冷水，當時的確令邵芷珊等一眾學盟戰友亂了陣腳，在進與退之間激烈論爭。結果是，寸步不讓，繼續多線出擊。警方那邊也寸步不讓，還把行動升級。一來一往，情況遂愈演愈暴烈。「你知我沒有『開麥拉臉孔』，多怕他們拿錄像做呈堂證據。」在六四吧那晚，他們還拿警方用錄映機對付他們的往事來開玩笑。那時，關係的確搞得很僵。邵芷珊忽然想起，這空堂要辦的事務之一，就是致電警察公共關係科的吳小姐，落實到學校辦滅罪講座及放映「服用毒品禍害無窮」短片的時間；這年頭，那些小傢伙眞的不識死，Fing頭丸會傷腦，造成永久性殘障，不好好地講解一下他們是不知後果嚴重的。雖說有一節空堂，瑣瑣碎碎的事務一大堆，其實沒多少時間容邵芷珊經常追懷往事。

那一年邵芷珊爲革命所付出的代價不過是學業成績偏低，以及有兩科需要補考。而在失業率高企的今天，畢業後即年找到教席，邵芷珊自感上天待她不薄，怎樣說也是個幸運兒。而馮家駒與廖志遠，畢業後一個加入職工聯盟做助理幹事——馮家駒曾說過：「我十年前已想做些扎實的社區事務，考入大學前已經是這種人」；一個當了某議員的助理。他們兩人以學生義工身分，在二〇〇〇年之後的一年，即是二〇〇一年，在一次叫「五・二八」的事件中被捕。事緣他們一行九人把自己用單車鏈鎖在鳥巢公司廠房門口的貨車車底，令鳥巢公司當天無法出貨，損失六十萬。其後他們被控阻差及阻街罪名成立，馮家駒、廖志遠，以及綠色能量的七名人員同被判罰九百元正，並——留案底。留案底一事，叫學盟、邵芷珊等人錯愕過好長的一段日子。當然，這些事在二〇〇〇年那時，都是後話了。

這對魯莽人在仍血脈僨張的二〇〇〇年四月份、六月份、警方拘捕學生事件被傳開去期間，換來過各界的愛護與支持。就在那陣子，他們在傳媒面前誇誇其詞說大了，「反正留案底也不怕，我不打政府工，不做保險經紀、不當律師便沒有影響，說不定西方國家會邀請我去做研究呢！我甚至可以當大學教授，嘿！」這固然是廖志遠心底裡的眞實盤算，只可惜一語成讖，而且策略不正確，惹來同學的批評。「對於愈來愈多人的支持，我每次都有『飄飄然』的感覺。」這確是廖志遠及其戰友的眞正想法，邵芷珊私底下又何嘗禁得住這種英雄感。坦白說，誰又沒有呢？只是他們應該清楚明白，在抗爭中，大夥兒要收起勝利的喜悅，盡力演好受欺壓的苦主角色。他們是苦主。背上「弱勢」招牌就可以公民抗命，時代不同了，這裡沒有威權政府，誰也不敢動你一根汗毛，都死不了人，……直至、直至廖志遠與馮家駒因鳥巢事件被留案底為止。那是他們第一次付出代價。

各人的命運究竟是屬於自己的，抑或由上天安排，二〇〇〇年那大半年又起過甚麼作用，邵芷珊某天在下課後至回家做晚飯前認眞地思忖過，一俟鮮魚落煎鍋，吣啪地爆出油香蔥花香味時，一個家的幸福與責任，又令她再沒有空間分神琢磨。

再一下振耳的鈴聲，把邵芷珊從紊亂的思緒中拉回現實，提醒她就要開始下午的三堂講課。「老師好」，走廊上學生有禮地向她鞠躬。身爲教師，由大學學生運動得來的經驗，最立竿見影的效用見諸上一個月的「反語文基準試大遊行」——老師們反對政府要他們參加一個評核語文水平的考試。「搞過運動的，確實特別熟手。」人們都這樣說。那次，在全校半數老師支持下，邵芷珊代表學校出任反基準試的聯席會議，與其他學校的代表開會時，邵芷珊幾乎成了主席，主宰了討論的內容及節奏。「假如警方有反應，我們要考慮搶不搶擴音器、衝不衝鐵馬……，都要事前計算。」當然，爲人師表，他們一致通過要以最有禮、最平和的方式表達意見。這是另一回事。

馮老師是個很盡責的老師，她知道邵芷珊的經歷可以助她解決公民課上的疑難。事無大小，她都愛聽聽邵芷珊的意見。除了這一次的「五子」、「七子」之外，在反語文基準試大遊行的當天，她又因另一件事而尷尬地向邵芷珊討教。那天，馮老師與陳老師在反基準試遊行中爭論，六、七年前大學一次大型活動當日，學生會在會場外派避孕套的用意何在。馮老師認爲：「好像是與批評校政不民主，反對『黑箱作業』有關的。」陳老師一向思路縝密，她堅持另有所解：「避孕套怎說也與黑箱作業拉不上關係吧。」

「派避孕套事件」是邵芷珊考入大學之前兩年的事。曾經出任學生會副會長的她，不可能對上一兩任學生會的事務不熟悉。可是她當日的回答卻令一向對她有點仰慕的馮老師、陳老師不無半分失望。

邵芷珊奇怪今天回想起來，縱使搜索枯腸，竟然對避孕套事件只想得起一個大概。

「印象中，好像，好像無非是想在出席儀式的嘉賓面前，落一落校方的面子等諸如此類甚麼的……」她眞的想不起來。大概人的注意力、集中程度、腦力都有限。更何況，當行動本身太精彩時，會令人忽略內容。而忽略與忘記，又只隔一線。那是一宗邵芷珊沒有親身參與的事件，能想起的，就只是一個框框。

二〇〇二年九月九日

錄

「不去gym house做運動啦，對著一面牆做gym，又辛苦又悶。」

「有辦法的，『Slim 7日』說一星期可以減兩磅，相當於九小時的運動量。在做特價哩。」

「別說沒提醒你，下次到『雪肌』做facial時記得試『離子導入即白去斑面膜』，開course有半價。……喂，你知不知道Tommy他……」

朋友，請原諒鏡頭有點搖，縮在牆角拍攝對我本來沒有甚麼難度，只是這面牆上的漆有點滑，有一兩次幾乎失腳。但再難的現場環境也難不倒我們狗仔隊，paparazzo，即使我是個新人，在大學拿了張創意媒體科技高級文憑後入行才一年多。我配備今年最新款的掌上攝錄機，恕我不可以說明牌子，會觸犯廣告條例。總之是長鏡、短鏡、黑夜紫外光鏡樣樣齊，目標人物簡直避無可避。言歸正轉，別以爲我在偷拍三流公司的女秘書、女文員的無聊話，這裡是……

「……我有電話入線，轉頭再談。」章仲蘭即時稍稍壓低聲線：「喂，」是她渴望的，

「……陳教授你好。」

……這裡是大學系的教員辦公室。的確不足爲奇，剛過去的大學迎新營鬧出三級口號笑話，傳媒就此事追訪迎新營的一位幹事，她便很善意、很坦誠地回答：「難道吟詩寫對聯嗎?!」我當時也在訪問現場，那大學女生說時一臉無奈，我保證她對詩詞絕無嘲諷之意，看得出她回答得很眞誠。大家都要接受，這些，都是事實。回頭說我的目標人物章仲蘭，是個剛拿了博士學位，並成功取得一份高級導師兩年合約的學院機會主義者。有人「報料」，此姝多年來之所以頻頻有文章發表，中間涉及巧取豪奪的侵權行爲——這是報料者心心不忿的用語，作爲一個中立的新聞工作者，我不會受報料者與她的私人恩怨影響。本著我公司寫作新聞，啊，不，採訪新聞的立場，我只關心——是否「有料爆」。我要的是醜聞。沒有醜聞交差，下一趟裁員潮我便岌岌可危，搵食艱難。

我們**paparazzo**一般同期跟進幾個故事，能否碰上可造文章的「猛料」，要時間、耐性與機緣。章仲蘭這個故事幸運地算是搜羅到一些「堅料」。朋友，來，來，來這邊看看我上星期拍得的片段。今天我有空，坐下來喝杯茶，吃個包，慢慢看。那天……

章仲蘭看準系資料室只有小怡一人。

「小怡，前天那場講座我遲到，看見你在現場錄音，可以借我聽一下嗎？」（對，對，是章仲蘭的原聲音，沒有經過加工變聲。這次是私下播放，一切都未經處理，旨在開開你們的眼界。我做的是雜誌，錄影材料稍後會轉成文字，照片刊出時會打方格。）

「錄音不是我的，替資料室備案。我還未做編號入檔。」

「我想補聽前面一小段而已，上午借，下午還。」

研究生小怡遲疑了一下，MD還是乖乖地交到大學姊章仲蘭手上。（數位時代，錄音已用MD機進行。以下是剪接過的片段。）

章仲蘭辦公桌的抽屜長期備有一部MD機，加上隨身攜帶的一部，她隨時可以做複錄工序。她當然可以上午借、下午還吧，她要的是偷偷地複錄，不傷神的複製不是重聽，只消一個半個小時的功夫。章仲蘭在講座當天舉手發問過一條問題，現在手握當日的完整錄音，可以慢慢盤算材料如何利用。想出來了，她的方法是：自擬幾條問題，將當天的公開講話接駁到她今天才加上去的問題上，權充有問有答的對談，組成一篇約六千字的〈章仲蘭與某某、某某、某某對談〉。這三位講者，在活動完結後返美的飛美，來自中國大陸的飛回大陸，本土的那位難得見報，章仲蘭看準他不但不會追究，倒可能反過來要多謝她整理哩。

……嘿嘿，待章仲蘭的文章正式刊出，朋友，上述這段材料便會升值為名正言順的「堅料」，正正式式見證了她的作假、剽竊、侵權等諸如此類的罪名，……然而，興奮不到三分鐘，坦白說，我便，開始動搖。要不是以學院醜聞爲大題目，爲「爆料」而「爆料」，私下眞的懷疑過此等事情，尤其在今時今日，會否，無傷大雅。原因有二，其一她不是名人，其二是她的手段再非法也不過是整理點文字材料，出來的文章又不涉較具爆炸性的誹謗或造謠，「醜」惡程度未必符合我公司的標準。怎麼說呢，在今天大家的口味已給磨得非常刁鑽的大環境下，它好像，好像有點——不夠分量。……

而最令我忐忑的，是手頭盡是些雞肋「碎料」，瑣瑣碎碎……章仲蘭平日除了逛街、買時裝、做facial、keep fit之外，還挺用心逛書店找一些比較難找的書，又或者很有耐性地逛CD店，搜羅國際名導演的絕版經典VCD，以及經典古典音樂CD等。當然，我跟了她大半年，知道她在買「魚餌」；在大學裡釣魚，作長短線投資，魚餌非比一般，閒時買備急時用——交際、討歡心之用。……像這樣一些逛書店、找CD，正經八道的「碎料」，的確令我對她的故事能否寫成有過一絲絲的擔憂。最初肯花時間跟進，是因爲大半年前拍下了當時極爲滿意的一件「堅料」。那次……

在她家電視機對上的牆角蹲了大半晚，我早已呵欠連連，悶得想收工大吉。當時的章仲蘭看來也不過是等面膜乾了洗掉就上床睡覺，誰知，突然一陣電話鈴聲，嚇得已昏昏欲睡的我幾乎連攝影機也脫手墜地，是一位姓鍾的教授找她。看得出她欣喜若狂。事後翻查從前拍下的「碎料」，事情就串得起來。那時章仲蘭在趕寫論文，原博士論文指導老師學術水平有限，對她幫助不大，她無計可施下看中了鍾教授，投其所好，她平日的古典音樂絕版CD便中用得很，鍾教授是個古典音樂迷，回報終於在那晚及之後的好幾個晚上到臨。

「不晚，不晚，我知你日間事忙……我傳真給鍾教授的問題……真多謝你費神……可以，可以，請說……」一聲「請說」後，章仲蘭便神神秘秘、放輕手腳地按下電話旁邊一部小型電器的啓動鍵。於是，我自牆角一躍，用腳尖輕輕著地，再一個燕子翻身，就神不知鬼不覺地竄到放電話的小玻璃几後面。我看見了——小型電器原來是錄音機，有電線接駁到電話座上去——那就是說，章仲蘭的家用電話有竊錄裝置！嘩，我興奮得幾乎尖叫出來。此事盡見生活壓力之殘酷迫人、人性在資本主義社會下之扭曲、學院被社會魔爪異化……，當晚我甚至興奮得回家後也不能入睡。鍾教授日積月累的電話指導，就被章仲蘭照搬到論文裡去，不知省掉她多少時間。

後來發現，只要有學界或外界的大人物打電話到她家，她都會竊錄備用。她自論文導師那裡學來編存資料的能力，於此大派用場。……朋友，坦白說，這件事我個人至今仍爲之歎爲觀止大開眼界，但是，興奮過後務實地回心一想，又擔心寫出來也沒有人相信，又不是政府的政治部；其次，又是當今的氣氛與敝公司的問題，此事與揭議員有婚外情揭銀行家與名媛幽會等踏實的「猛料」不盡相同，特殊得帶魔幻味道，我開始擔心上司是否肯把它視作「醜」聞。要成爲醜聞，條件非常嚴格，讀者的要求已愈來愈高。

於是，我只好更努力地累積「碎料」，因爲另外的兩三個故事仍未成熟，而交功課的日子又迫在眉睫，眞該努力再跟跟章仲蘭……

公平地說，能混下去的人總有他過人的長處。章仲蘭這個人的本事確實不少，她MD錄音機隨身，錄音、複製、較抄襲檔次略高的搬字過紙，件件專精。你是不能不佩服的。聽講座——錄下來；旁聽別人的講課——錄下來（自己開課時不用備課）。有一次，她作爲某主要課程的助教，碰上主課教授觸及一個她還未從其他教授的講課中聽過的（也就是，她沒有錄音可供參考、挪用的）議題，那一堂的導修課，她就沒有講解，安排同學去做訪問——錄下來——訪問對該議題曾發言的學者。一堂導修課便這樣光明正大地，由學生去做——錄下來——給混過去了。

凡事必錄，有殺錯沒放過，是她的求生原則。錄了下來，整理剪裁，不用有精闢觀點，發表刊出後，每年報交一次的「著作」欄，好歹也有些名目可以充撐場面——至於由別人花時間去整理卻用她的名義刊出、侵吞師弟妹的勞動成果、中飽人家發下來的錄音整理費等行爲，數量多得我只能選擇性地拍一兩件作示例。這年頭，在好些學系裡，資料整理、民意調查統統等同學術研究，沒有發現、沒有創見、沒有眞正做研究的識力，就做做資料整理。

……你問我怎麼知道？朋友，可別忘了我起碼也是個拿了高級文憑的大專生，在大學蹲過，有此觀察也不足爲奇吧。現在文學院社科學院也好，後女性後殖民後現代東抄西抄南拉北扯就是一篇鴻文，做做民意調查爲高官打打分數就是學術研究，大家無非「報數交差」，有開會出席講座比沒開會沒出席講座好，有文章總比沒文章強。……搵食艱難，我們paparazzo抓醜聞時也要交足功課——一位狗仔前輩提醒我，我們的工作跟章仲蘭她們的工作其實有幾分相似，也叫資料搜集，於是故事作起來充滿數據——數字遊戲，令醜聞「爆」得煞有介事。找，我當然找資料。七十年代大學生人數佔適齡入大學人口的二%，八十年代中是五%，二〇〇二年的今天急升至十六到十八%。現在八家大學每年製造一萬四千五百名大學畢業生，碩士研究生每年少說也有四千多名，博士成行成市。回歸後政府要撥亂反正，將殖民政府不安好心的急速高等教育普及化來個急煞掣，未來六年要在現行高等教育開支上設法省回三十億經費。僧多粥少，加上普及教育，質素平均化，要上位就得加點學問以外的東西，我知道現在爭一個教席，爭念完碩士、博士後可以留在學院的一紙合約，戰情鬼哭神號，異常慘烈，跟茶餐廳只在門口貼一張手寫招紙請一個收銀員，即有幾十人來搶飯吃同樣激烈。搵食艱難，生存的壓迫感很明顯已蔓延到高等學府……找死啦我，心裡浮現不吉利的兆頭，本來是拍醜聞故事的，怎麼像在做社會檔案般認眞。不行，我一定要盡快調整自己的心理，及早進入狀態。……

終於，時限到了，我硬著頭皮繪聲繪影、添油加醋地在上級、幾位同組同事面前描述家用電話安裝竊錄器如何可怖，以及虛擬問答一事可能觸犯的法律責任如何嚴重，我沒有「猛料」，唯有以這兩件「堅料」串「碎料」，算是我的一週「爆料故事」。

這一次，我知道上司已相當克制，始終，我是個新入行的大專生，他只是一句：「你第一日上班呀。」說時遲那時快，我的材料、影帶、成疊的照片就給他照口照面擲過來，幸而我身手始終比較敏捷，閃避得快，也關乎他本來就不打算擲中目標。

一輪很傷人自尊心的搶白後，他見我毫無反擊力，便沒好氣地向我說了一番終身受用、語重心長的金石良言：「生活艱難，現在全人類都是這樣的嘍，出位、使一下齷齪招數有甚麼出奇。你找來的料要爛又不夠爛，人家打老婆你又搶不到手」，對於某教授打老婆說謊加行爲不檢那件名正言順的醜聞，上司一直因爲未有第一時間落在《爆料一週》手上而耿耿於懷，「你找不到最爛的，教你，就找相反的——物以罕爲貴，有本事你就替我找來大學裡有人爲學術廢寢忘食用私己錢找資料按樓賣屋搞研究……諸如此類……明白嗎？哎。」長歎一聲，看得出他對我這個新入行的大專生十分失望。

就這樣，我這個paparazzo又僕僕風塵地四出找故事，爲「醜」事奔馳。而章仲蘭的材料只「嘩」了我一個人，當然，還有肯聽我說說故事的你們。她的故事，從此作罷，甚麼人也沒機會在《爆料一週》中讀到。

二〇〇二年九月十八日

青春無敵

「蕙，失戀沒甚麼大不了，就讓我們兩個老朋友為你分憂解悶。」

「譬如，你就聽我倆說故事。」

「我甚少與靜同一陣線，這趟我完全同意。」

「太好了，玲，可以由我先說嗎？」

「客氣，客氣，請。」

「你們都知道，我大學畢業後就在世界保障兒童基金會工作，某天……哎呀，我其實不懂得虛構，所謂故事，其實是真人真事。……也罷了，無非為你解悶，你就當故事來聽好了。」

「沒關係，你繼續說。」

「某天，有兩個身材高大、古銅膚色的大學生找上門來，說是看了我們介紹外蒙古流浪兒童的紀錄片，很受感動，要以自行車協會的身分為我們基金會辦活動籌款，方法是，由他倆用兩個月的暑假騎自行車入外蒙。」

「我也看過那套紀錄片，外蒙古流浪兒童冬天為了禦寒，躲進鋪滿熱水輸送管的地下隧道。那些水管沒有定期維修，發生過不少意外。平日他們已不時被熾熱的水管燙傷，遇上輸水管爆破，地下通道裡的兒童便被活活燙死。」

「還是回頭說那兩名Y大學Z系的大學生吧。初次見面的好印象，積極、慷慨、奉獻，甚麼分毫不取，自備旅費……，在公司通過了項目、由我及宣傳部同事與他們商談細節時便蕩然無存。好一對充滿計算、機心重重的年輕人。他們要登廣告，沒問題，我們本來就會做的；他們要在地鐵站放紙板廣告——說可以用他倆背著背囊，騎自行車的形象來宣傳；還有，他倆在兩個月裡會寫日記，文字回來後要出書，就像較早前風行一時的日本遊戲、歷險節目《電波少年》；出版方面，編輯印刷費用由捐款中扣除，賣書所得的版稅撥交基金會。哼，真懂得計算。」

「靜，你何必氣惱，別比我失戀更不開心。換個角度來看，完全沒有『野心』的人是沒有動力的，他倆起碼也是個有動力的大學生。」

「蕙，你不明白了，他倆終於在帳目上出問題。我後來發現，他們單獨對外宣傳時，有意無意間隱瞞了有贊助戶口與捐助戶口的分別。贊助戶口的錢，是資助他們旅費及相關開支的；而捐助戶口的錢，才直接給基金會。他倆在大學向師生募捐，有男子心生懷疑，打電話到基金會查詢，說他們勸捐時沒有清楚交代有兩個戶口這回事。不少人的錢，都捐到他們出示的戶口裡去——贊助戶口。」

「啊……」

「搞得我爲此而多做很多功夫。還有哩，我在大學念的是經濟，平日也不是文謅謅的人，我以自己普普通通的語文水平跟他倆比照，嘿，跨張一點地說，他倆可謂『盲字也不多識一個』。只要你收過他倆發送的英文電郵，——不但如此，文字不好還可以原諒，最壞在態度惡劣，凌晨傳上個電郵，明早他開機時沒有收到回覆，我就有說話聽嘍。好了，好了，英文不好，那中文呢？你收到他們的新聞稿就嚇一跳：『我們是一班有理想嘅年青人……』廣東話處處，而且，整篇文章思路混亂、語焉不詳，都不知道他想說甚麼。」

「嗯，那已經不是文字問題了，是思想邏輯出亂子，是我城學生常有的毛病。」

「別生氣，靜，我正想向你與蕙說一個『識字』的故事。」

「『識字』的故事會教人沒那麼失望吧。」

「呵呵，不一定的……且聽我細說。你知道我在大學任語文導師，最近爲大學聯校散文徵文比賽出任評判，我要說的故事，與一篇投稿而且得獎的文章有關。文章已帶來了……早便公開發表，你們都可以看看。」

「靜，你先看。我專心聽她說故事。」

「文章叫〈例假〉，談的是我們的月事……文章從十五歲的少女心事說起。作者以詩化的文字寫月事，以及一群美少女成長中的生活點滴，文章充滿白色校服裙、白雲、藍澄澄的淺水灣等美麗畫面……也寫到，一群攤睡在沙灘上的美少女，在海風中、幼沙上想像假如月事來臨之日正好是新婚之夜……」

「抄衛生棉廣告的……」

「靜，別激動，我當然知道。」

「新一代衛生棉廣告爲了刺激你的購買欲，令你看得舒服，不再強調你討厭、卻眞實的黏滯、肚裡暗暗的抽搐攪痛，還有，受荷爾蒙分泌影響的心情浮躁、不安……新一代的廣告都不提這些。」

「那次在地鐵，我痛得幾乎想哭哩，那種痛法……」

「都沒有，文章裡統統沒有，一如商業廣告，只強調美少女、輕鬆歡快，與詩意。五位評判四男一女，我無話可說，總不能問他們最近有沒有看過衛生棉廣告唄。評判員名單於徵稿時已公開，也虧她計算得那麼準確……最可怖的還不是那種爲風格而風格的刻意輕省，下半篇讀得我多憤怒——」

「呵呵，你那鐵血女子本色又來了。」

「我盡量對事不對人。坦白說，忿忿然之餘，我其實被人性赫然展現的陰暗面怔住了，有點失望，有點沮喪，感受十分複雜……那麼年輕便精於計算，再者，是可能沒有判辨『計算』背後之可惡可鄙的能力……她要『出賣肉體』，稍嫌低招的，是出賣別人的肉體……文章由月事、成長，進而觸及——身材。蕙，你也看完了吧，靜你早便看完，就是文章寫『我』、眾美少女弄潮後一同淋浴那段，『我』筆鋒所到之處，是具備游泳健將身型的一個同伴的乳房，寫乳房在淋浴下起雞皮，在潑水嬉戲中抖動……氣得我……寫文章的是個大四女生。眞是後生可畏……」

「我不是文學人，不懂分析，怎麼說呢？我讀到中間有猥瑣的『偷窺』感……嘿嘿，才不是低招哩。……原來『識字』的同樣好可怕。」

「無話可說，評判團三對二，給了她冠軍。由一個才二十出頭的青春女生來寫美少女的月事與身體，你敢質疑她背後齷齪猥瑣嗎？嘿嘿，青春無敵。」

「你倆不是說要爲我的失戀解悶嗎？不盡責，怎麼淨是發牢騷。」

「喔，眞不好意思。蕙，換個語調去說這些故事，本來是可笑的，只怪自己動了感情，無端認眞起來。……眞的不該動氣，這些事也委實太多了，不勝枚舉。好，……你等等……行了，我隨便就想到另一個故事，這次肯定你笑得出來。」……

■就這樣一個故事、接一個故事地說下去嗎？……

□……暫時，小說只構思到這裡。……

■角色們一個接一個地說下去，你要把它變成一千零一夜了。會不會太過……胡扯的，你知道我不懂得寫小說。

□我正需要你這種「普通讀者」的感覺，旁觀者清。每次下筆之前，我就喜歡先跟你說一遍。……是這樣的，你知道我博士畢業後便留在學院工作，近一兩年耳聞目睹一些大學生的爲人行事，開始思考一些問題：「大學生」、大學教育，究竟是甚麼？不管你念文科還是理科，假如大學教育最終沒有改造你的性靈，……呵呵，抱歉，我的理想主義高大空毛病又發作……說得簡單點，大學三年或四年，算是些甚麼呢？除了令你更「聰明」、處於更有利的優勢去行惡。……最近在學院中所見的，很不幸，盡是些叫人沮喪的事。

■我胡說的所謂意見，你千萬別太認眞，否則我就不敢多言了。你知道我大學畢業後便沒有留在學院，不清楚你在那環境裡碰上些甚麼，我只想從我所知的一面作些補充——就以我們還保持聯絡的一群同輩同學爲例，他們沒有留在大學，可是他們當中某些人所做的「惡」事，——嘿嘿，假如你要用這樣的字眼來形容某些行爲，我不知聽過多少哩。當然，行「好」事的同學也不少。

□……那就是說，與大學教育無關，是人性的問題。

■不，正正相反。我未必完全不明白你的感傷，一切似乎確與他們進過大學有關，只想補充，可能，「青春」的、與不再「青春」的，都……

□可以再說得更清楚明白些嗎？願聞其詳。

■關鍵在於，這是個消費文化膨脹，欲望無限膨脹，物欲、名利欲高漲的年代，……

□呵呵，明白，我完全同意。即使你沒有欲望，廣告也會「幫助」你建構。

■只能說，現在，即使是大學這個環境，也扮演不了緩衝區、保護罩的角色，世上無淨土。

□信用卡更有專爲他們而設的呢？就是怕你不習慣消費，沒有佔有欲。

■大學令他們成爲小資產階級——是今天或明天的「精英」，工作上、生活上都會有較大的優勢，擁有更多的機會，也比一般人更見過世面，譬如有能力經常外遊，或在網上享受「地球村」、無疆界的成果……等等。於是，他們更感地位超然，尤其是有能力的，會比一般人更有理想……或者，不幸地，比一般人更加貪婪。就像你構思中的，故事裡的故事……

□對，對，就是那些故事……謝謝你的肯定。……相比之下，尤其是在經濟不景氣、貧富懸殊益形嚴重的今天，先不說貧窮線以下的那一群人了，就以較大多數的、中產以下的一群人爲例，他們會認命地生活，被迫也好，自願也好，凡事「儉樸」，欲望反而不那麼複雜強烈。

■我其實非常認同你的觀察與感受。在公司，我遇過某些所謂的大學生，比起來，我有時更欣賞我的菲傭，……抱歉，我自己也是大學生，話未免說得太刻薄了……我針對的只是「某些」、一小撮而已。朋友，你便不在其中。……對呀，就是你見過的那位菲傭，我對她特別包容——包容得擅於持家、習慣了細眉細眼的母親看不過眼。哎，我那個已步入中年的、不再精壯、但爲人老實的菲傭，最多也不過是偷偷懶，人之常情吧。我更感受到的，是她爲沒有經濟前景的國家、老家背上一身債，二十年來孤身在外踏實苦幹的坎坷。然而，我看得出她心境坦然，尤其是與際遇沒那麼好的姊妹相比，她覺得自己找到一戶「好人家」。我並沒有用熨斗燙她……

□一如我父親，工人階級出身，現在晚年有我們這些子女照顧，——當然，就這一點來說，他比社會上一些無依無靠的長者幸運；我要說的重點不是他幸運與否，只想說，他總是活得心滿意足。他是在戰爭中成長的一代人，父母雙亡，……親眼看見自己的母親被日本鬼子用尖刀刺死……窮過，捱過餓。父親一直生活在儉樸的心境中，不貪婪苛索，有所得則喜出望外。他的金句是：「人家幫你是人情，不幫你是道理」。像他們這種人，沒有受過高等教育，卻自行調節出一套很受用、正面的生命哲學，活得充滿「人」的喜樂。……

■我們不是在談大學教育的嗎？

□喔，不好意思，……是的，好像扯得太遠了。

——我們說到哪裡去了？

——是啊（一時間語塞）……讓我想想。我們見面，是因爲你打算參加大學聯校徵文比賽，你要我一大清早跑來找你，就是聽你訴說構思中的一篇小說——這是你的寫作習慣……你說你要寫一個與大學生、大學生活有關的故事，是甚麼把我們之間的話題扯到大學以外的事情裡去了……讓我再想想，之後，我們談到社會、消費文化、貪婪與無底洞般的欲望……

——是的，一切都離不開一個大背景。……

我們坐到學生屬會室的外邊，躲開空調，在石階上享受最自然的空氣。又一次通宵達旦的思想交流。住進宿舍，家長管不上睡與不睡，這是讀大學的自由，青春的歲月。入秋的早晨，吹來一陣清爽金風，你很享受似地伸了個懶腰，我呷一口濃濃的港式奶茶，說：「我們還繼續討論嗎？」

「只要你還熬得住，請繼續。」你說。

二〇〇二年九月二十三日

時間・七月

植樹法

植樹法——他們說，是小三、小四程度的數學題。奇怪，學過的不可能完全失憶，是不是那年代不這樣叫呢？我左思右想。

他們你一言我一語，彷彿都知道那是甚麼一回事，這叫我更加心虛，不敢問。我兒正好念小四，找個機會聽他的。只恨平日太忙，忙得沒時間督促兒子的功課；否則，今天便不會對植樹問題似明非明，又不敢讓大家知我底牌。也許，我搞得明白植樹問題，我就搞得明政治。

妻經常恥笑，搞了廿年街頭運動，甚麼獎也沒撈過，「看你是替人敲邊鼓敲一世的了。」要是妻看見比我遲出道的她被一群記者簇擁，「可以說說得獎感受嗎？」、「你認爲亞洲版《世紀雜誌》把你選爲十大『亞洲英雄』之一的原因是甚麼？」妻看見了肯定又會囉唆我。

那天鎂光燈閃過不停，刺眼死了。她其實竄紅於去年第一次的七一遊行，今年的七一則把她推上另一高峰。今年七一當天，以及隨後的大半個月，大家都在爭五十三，抑或五十、三十五、十六．五。今年的七一，遊行路線整段路面都封了，空出中間的電車路，人群被一開二分成兩大板條緩緩前行。路面給蒸起騰騰熱氣，薄鞋底吸食石屎地的熱度，整隻腳板悶蒸在鞋籠內，回家脫鞋脫襪，整雙襪子都汗濕。「臭死了，臭死了」，我兒最頑皮。天文台錄得那是六十六年來七月一日最高溫的一次，三十六．五度。組織沿途設多個據點擺放樽裝蒸餾水，雨傘、太陽帽掩護下，仍有六百多人感到不適。

勝利的感覺隨第二天各報的頭版報導飆升，都選人頭密密麻麻的照片放頭版，上書「五十三」萬，阿拉伯數目字都放得碩大碩大的，毫不保留地對我們組織表示信任與支持。眞感謝他們。那是我們公布的統計數字。要不是遊行後的第三天忽然跑出個不識大體的冒失鬼，「我們犯了植樹計算上的錯誤。」一切會更加完美。那冒失鬼用「我們」稱謂投書報館，籠統說，是我們陣營的人，熱愛民主的典型大學生。既然是自己人就應該以大局爲重嘛，眞是的……我終於找到機會替兒子溫習功課，那個懵懂大學生他歸他的，我當然希望犬兒將來也可以上大學，做大學生。那天，我趁機問他植樹問題。

「爸，當然懂啦，我還懂得和差法、還原問題、雞兔同籠問題……」名目也眞的巒多哩。這個兒子特別親我，難得這個忙爸爸有時間關心他功課，他可愛地格外賣力。問到植樹算式，「行，一點也難不倒我」，他以爲我考他，胖嘟嘟的蘋果面作得色狀，很精靈地捎起手邊一張廢紙重用，在雪白的紙背畫一條間線，再畫一株一株小樹。妻在廚房炒菜，肉片噼啪的下鍋聲、鮮嫩蔬菜的爆炒聲、薑蒜散泛的佐料香味，還有，兒子的聰敏……人生至此夫復何求，沒有甚麼好遺憾的了。沒有事業，人要有家庭，你生而爲人的避風港。

「遺憾得很，」討論大學生植樹問題的當天，她振振有詞地向記者說，「我們仍然堅持是──五十──三──萬，而不是他們所說的數字。」組織已確知計算方法出錯，但會後結論，統一口徑，同意「可以有另一種計算方法」，只是仍然是五──十──三，像魔咒般的五──十──三。是「恰恰好」比去年多三萬，既不是四十九，也不是五十一。五十一？不行，「多」出得太少太危險了；於是，人數是比去年的「五十」多出「三」。中國人說無三不成幾，三萬就是幾萬，拋出一個五十三，人數便肯定比去年多，沒有反駁餘地。她還向傳媒強調，「有甚麼好拗的呢？數字並不重要，」──是時候可以這樣說了──「要政府聽取人民的訴求。」

要是那陣子她軟下來，就一定沒有今天的風光。她的注押對了。這方面我是佩服的，一定要先混過去再說，過得海就是神仙。你不曉得那陣子她有多慘，大學生的植樹問題之後，我們立場文風不動，誰知突然又跑來幾個自以爲中立客觀的數學系、精算系學院蛋頭，華洋俱備，而且不只一個、也不來自一所大學。這些甚麼講師教授提出衛星電腦分析法、攝影慢格點算法、逐秒數人法……，比植樹法更複雜的高科技名字。辦事處的電話響個不停，我們索性撥到留言錄音，想覆才覆。事件糾纏了整整半個月，那段日子，就靠她苦苦撐持。幸而她是女人，女人硬撐比由腰粗肉厚的後中年男人硬撐討好，例如鄙人就不行了。女人容易與傳媒打交道，也容易有觀眾緣。有一次，她給迫窘了，「二十?!那天三十六、三十七度，你說二十?!怎對得起參加遊行的市民？」當日天文台公布的最高溫度是三十四．六度，當然，……我得補充……到底是三十四．六抑或是三十六、三十七，一切要看你是身處中環哩抑或新界，城市的中心抑或郊外……，萬事有商量。

「但，……」那位記者有點年輕，不懂事，「但，……辛苦與實數是兩回事，是嗎？」她被問得有點無奈，「你教我可以怎麼辦呢？五十三就是五十三，數字不重要，總之政府要聆聽市民的訴求——你回去就這樣寫好了。」

衛星電腦分析法、攝影慢格點算法、逐秒數人法幾乎把我們搞垮，幸而四個月後的今天，外國人來了一場及時雨，灑得我們喜慶滿門。二〇〇四年將盡，七一回歸遊行、九月選舉，氣勢並未持續，有點惱人，幸而有獎項沖喜，萬事大吉。大家又再抖擻精神，找議題再戰江湖。

入選爲「英雄人士」也是個議題，她最近便因此馬不停蹄，既回大學母校向師弟妹演講、接受雜誌訪問，也上電視，忙得不可開交，已經沒有人再跟她糾纏數字、植樹。「你就是連個獎邊兒也沒撈到半個」，妻一想起戰績這等事，就無時無刻不嘮叨我。妻不明白，各有前因莫羨人，而且我服，她沒有被植樹問題難倒，勝利就站在她的一邊。這裡的人善忘，你不信？且隨便抓個人來問，現在距七一不過四個月，你就問一問，還有誰記得五十三、三十五、十六．五的爭拗，以及最先提出的植樹問題。即使大概記得有這麼一回事，細節肯定給忘記。人們只會記得議題，議題承載的感覺，以及粗枝大葉的一個框架。至於誠信嘛——且放心，永遠站在反建制的一邊；只要你反建制你就有誠信，哪怕是個弱得一推便倒的建制。

那天愛兒說，植樹法是這樣的：如果是一條沒有封閉的線段，它的點數（所植樹木）比段數（樹與樹之間的距離）多「一」。

例：四十米長的馬路，每五米種一棵樹，結果是四十除五，然後加一，共植樹九棵。

如果是個封閉的圓形、長方形，由頭到尾兩端重合，它的點數（所植樹木）與段數（樹與樹之間的距離）相同。

例：四十米長的一個公園周邊，每隨五米種一棵樹，結果是四十除五，不用加一，共植樹八棵。

植樹法：是段與點的計算問題。

而組織的人數計算法是：遊行全程路段共可容納十七萬人（當然，這是否可行是另一回事，假設不會有人因密擠而窒息至死），路程需時約一・五小時（當然，這是否可行同樣是另一回事，假設大家的步伐與速度如行軍般有紀律，一步緊接一步），以兩點半由維園出發起計，到最後一個抵達政府總部爲晚上八點計算，遊行活動全程五・五小時，組織以五・五除一・五等於三計算，再將三乘十七，即五十一萬人，另加中途參與約二萬人，就是五十三萬人。

而大學生以植樹法指組織重複了末尾一段。他說，基數不是五・五小時，是二・五小時而已。如以出發時間計算，延伸的應該是「維園最後一個出發者」的出發時間，而不應該是「最後一個在終點政府總部離開者」的離開時間。中間，無端多出了一段。所謂植樹問題，就是段與點的計算問題。

妻不曉得，也許，只要我搞得明白植樹問題，我就搞得明政治。

二〇〇四年十月二十日

煮一碟義大利麵的時間

「半秒也不能想，問你，即時回答，」關玲鬼馬地說，「六月有沒有三十一。──你、華興，猶豫了，不行，不行，立即回答。」她指著他，樂不可支。

華興撥開她的手指，「幼稚呀你，」關玲還是迫他，華興沒好氣地說，「沒有呀美女，」他頭腦相當清醒，「五月大六月小，六月只有三十天，之後是七一，回歸假期。」

「不好玩的，忘記你是大懶鬼，有假期你就有印象。」扮完兇惡，關玲裝甜，「假期來我家，」關玲彷彿要重新認識般，深情地細視這個已換了不少於四個女友的男子，「我下廚，煮義大利麵，你最愛吃的。那天，就屬於我的嘍。」華興如山的粗眉毛、筆挺的鼻梁教她很有安全感。

七一那天華興起得晏，幾乎是過了中午才到關玲家。難得悠閒，關玲把會計報表、股票行程分析表全都拋諸腦後，騰出半點空間來享受似個正常人的生活。與華興懶懶散散、浪浪漫漫地親近了大半天，她洗澡洗頭，用薰衣草洗髮液按摩長髮，揉出一堆軟綿綿的白泡泡。華興雙腳亂擘半癱在沙發上用遙控不斷轉台。

大家看看我手上的這個溫度計——是攝氏三十六度。雖然天文台現時報導的氣溫是三十四度，但市區肯定比較熱，而且在人群當中。（鏡頭對準神情堅定的女記者）今天，在酷熱警告之下，市民，用他們的汗水踏出一條民主之路……

給浪漫浸鬆泡軟的華興忽然有觸電的感覺，那已經不是報導，他被觸動。

他是向女友提出過今年參加遊行的，「去年已經錯過了，去吧，起碼去兜個圈，看一看，不辛苦的。」他知道在銀行任職投資經理的女友怕曬怕熱。證之於事後，二〇〇四年的遊行的確比之前一年輕鬆，有嘉年華氣氛。有一對新人還烈日當空，穿起清裝結婚禮服，男的長袍馬褂瓜皮帽，女的大紅珠片裙褂，描了個濃妝遊行，華興覺得好玩極了。

華興不斷轉台，看不同的現場直播。直播新聞的確神奇，把一群人在一定空間的活動，擴而廣之成為只要你有收看電視，就等同臨場參與起鬨，卻其實沒有眞正付出。華興做廣告，他對媒體特別敏感。「裡面有一股深不可測的力量。」他心想，因而華興迷戀他投身的行業，每次由他策劃的廣告一以電視、街頭海報發放，他就有吃興奮劑的感覺，世界彷彿都被你設計的訊息包攏合圍，有一種控於指掌之中的滿足感——我就要你買我推的貨，直如君臨天下。

大家看看這幾款自製的標語，都相當搞笑，這位老伯爲大班封咪抱不平……（轉台）站在我身邊的是大會發言人，你可以向我們說說現時的遊行人數嗎？（鏡頭轉到另一名女子身上）據我們工作人員統計，以現時四點四十五分計算，遊行人數應該超過三十萬。

「關玲，你看，是三十多萬呀，」從電視台俯拍鏡頭所見，隊伍除了部分路段，整體鬆鬆散散，「倒看不出來有三十萬啊？」華興若有所失，大聲向房中的關玲喊話，「你看，都說過去湊湊熱鬧的，就差我們兩個。」

關玲的頭髮已洗乾淨，一邊擦乾一邊坐下來。「哪兒也不准去，你不要吃我的義大利麵了？」她突然想起了甚麼，「來，替我修理電腦，看有沒有中毒，一關機便當機，今晚還要加班。」

電腦就在起居廳，華興一邊修電腦一邊看電視。大鐘指示，五時十五分。

關玲替華興煮咖啡，也燒開一鍋水準備煮義大利麵。

五時三十分，遊行人數已超過四十萬。

義大利麵不好用明火煮軟，是把水燒開之後，在水裡撒點鹽，放入義大利麵煮三四分鐘，然後把鍋蓋闔上，焗浸放軟約八分鐘。測試麵身是否可用，方法是以筷子夾斷，中間要有硬點，這種軟度的義麵加醬料少炒，上碟時麵身才不會過軟或變糊。

五時四十五分，遊行人數已超過四十五萬。

焗浸義大利麵的同時，洋蔥、蕃茄、火腿絲、白菌切絲切片備用。對了，關玲還打算炒一盤蒜蓉西蘭花。

六時，遊行發言人在鏡頭前宣布，人數已超達五十萬。

畫面所見，遊行發言人面向鏡頭報數，灣仔消防局附近的超大電視牆、銅鑼灣時代廣場佔去半棟大廈牆身的超闊大螢幕把報數的片段播放出來。附近遊行的、圍觀的頓時歡呼拍掌，喝采之聲四起；聲音畫面又經每家人的電視散入廣廈千萬家，是全城在遊行。採訪、發言、再播放採訪發言，三步一組的工序，某種事實就如此建構。在彷彿脈搏相通的觸動下，華興心癢不寧。

「關玲，五十萬啦，五十萬啦。」華興被要破紀錄這種感覺挑戰折磨。

廚房中的關玲用筷子蘸了點配料醬汁試味，酸度適中，她非常滿意。這時，她才搭腔，「才不過是煮麵用的時間，會升得那麼快嗎？哪來的人群？」她漫不經心地應著，把平底煎鍋內的配料倒在盤子上備用，洗乾淨煎鍋，是最後一道工序了，炒義大利麵。

六時十五分，大家從鏡頭中可見，有市民加入，也有市民離隊，大家都期待著最終的遊行人數，看是否會比去年還要多。讓我們問一問這位剛加入的市民，先生你……

「華興，收拾檯面，十分鐘後用餐。」關玲一邊洗刷刀叉一邊向起居廳喊話。一轉過頭來，誰知華興就板板地立在廚房門口，嚇她一跳。

「我出去一下，一陣，很快就回來。」華興向關玲搖一搖手上的數碼照相機，關玲來不及消化這句話的意思，華興已風也似地竄走，只剩下啪的一下關門聲。

第二天上班，關玲的投資部要注意國際投資環境對七一遊行的評論，同事間很自然地也談遊行。

「哪來五十三萬人呢？眞奇怪。」

「對啊，當天我就在銅鑼灣，去年隊伍八時左右才有機會出發離開維多利亞公園，今年六時未到，我在附近，已看見龍尾了。」

「而且隊伍中段打後疏疏落落的，我看這個數字啊，有點麻煩。……怎樣算出來的呢？」

關玲這位精算師同事又犯職業病。關玲也翻看報紙、聽同事談論，卻冷冷地從不插嘴。她會注意往後幾天外國傳媒對遊行的評估，譬如會不會借勢調高銀行信貸評級、以及投資風險等等。關玲同時已做好決定，她知道自己需要甚麼類型的男人，她需要爲自己的情感生活評估風險。不守承諾、沒有誠信的男人，風險超標。

當晚關玲獨自吃義大利麵的時候已做了決定，「斬倉」止蝕。不會，這不是文藝片，女主角不會憤而把一碟醬汁酸度適中的美食倒進垃圾桶，又或者苦楚難當地和淚嚥下一碟蒜蓉西蘭花。不是這樣的。

那夜，關玲盤腿抱著筆記型電腦——因爲另一部電腦未被修好便給撒手不理——坐在地毯上，關掉起居廳主燈，在矮矮的罩燈下、柔和的暖光中，關玲一邊吃義大利麵，一邊加班工作。七一，對國際市場來說不是假期，地球另一邊的股票市場就在關玲盤腿燈下的此刻開市。九時多前後，門鈴、家中電話、手機都響過，聽而不聞。七一割席，她換掉了一個分心走神，沒有誠信的男友。

二〇〇四年十一月一日

飯局

三個女人敘舊晚飯，所選的客家菜館位於尖東一大廈頂樓。我與她倆一年不見，很是期待，卻不無忐忑。我與美雲準時到，挑了室外，飽覽全海景的大露台。

『「全」海景是地產商假造的形容詞，怎麼個「全」法？即使你跑到太平山頂呀，山背的一邊你怎看得見。全海景，騙人的。』美雲興致勃勃地吱吱喳喳，像隻噪聒的鳥。

我替她倒茶，「管它全不全的，美極了。」夜幕將臨而未臨，天空灰度溫和，暗透點鬱紅。我享受大露台的氣氛，也享受多時不見的老同學美雲一直保持學生時代的快人快語，與她一起，你永遠不會覺得悶。

「你猜這個大忙人又要遲到多久了？」美雲與卓姿是死黨，她們兩個倒經常見面。

「你的書教得怎麼樣了，學生聽話嗎？」我與她倆不常見面，很想知她近況。

「學生？我那家是band3學校，難教是必然的，最糟糕是久不久就來一套教育改革，把你累得疲於奔命，簡直想死。我是死心的了，對整個教育死心。」

我一時愣住了，心目中的近況是私人的、軟性的，也是我以此打開話匣子的原因。美雲並不知道，她這反應像澆我一頭冷水，挑起我的警惕。我熟悉美雲，她有權說這些話，她不是正事不幹，錯的永遠是別人那種人。反之，連她也喊辛苦，是真辛苦了；更何況，她說的情況我都確知是事實。一場飯局兩三個小時，消費的是食物與言說，我得格外小心，朋友情誼比甚麼都重要。這陣子，一半一半的正邪、對錯撕裂是全球性流行病。

「露台眞好，」我轉話題，「初秋了，自然風清爽舒服。還記得嗎？那時在宿舍天台，我在小室練箏，你們在外面晾曬洗淨的衣物，」我指一指美雲，「你還好人得替我晾衫呢。」

「我當然記得。」

「好誇張哩，最乾爽多風的秋日，我練完箏離開時衣服都風乾了，才不到半天。」那一串串隨風翻飛的衣服歷歷在目。

開懷地聊著，美雲忽然一揮手，我轉過頭去，是卓姿來了，「你呀，還有更晚的沒有。你不是放假嘛。」

「不好意思，不好意思，要打發了小朋友的功課、晚飯才好出門，」卓姿一路走來，放下手提包，解下圍巾，臉漲紅漲紅的，煞是好看，「他們的嚴父回來了，我才可以甩手不管嘛。」

三個老同學難得一聚，吃一頓悠閒的晚飯。卓姿把菜單堆到美雲面前，「小姐，我來之前不點菜，這麼暗，你嗅到上面寫些甚麼嗎？」兩人你一言我一語地抬槓鬥嘴，完全是讀書時候的本色，看得我莫名地感動。夜，確然悄悄漫開。雖然前後不過半小時，天暗得比時間快，幸而這幾天日間霞霧重重，深灰色的夜空仍滿含夕照的紅霞，稍稍減慢了入夜的感覺。

「這地方可好嗎？我挑的，」卓姿點過菜後揚起餐巾放到膝上，「超豪宅也不過是這般景致哩。」很喜歡她那永遠充滿活力的腔調，可以把最沉悶的氣氛也感染得精神奕奕。客家菜館全海景享受，卻是中價食物，舒適而不豪華。

卓姿點的菜一道一道上桌，飯局上演應有的劇情，大家邊吃邊談，開懷地拉扯些家常事。多來了明朗開揚的卓姿，比只有我和美雲時更熱鬧。

「餓啦。」吃與談話都雜亂無章，老同學之間熟不拘禮，叫我非常寬心，以為來之前的擔心是多餘的。要不是美雲突然把話題轉到卓姿的工作，以及她打算成立的工會，一頓飯本來可以很女生、很人之常情地拉開再落幕。我怪自己不夠堅決，來之前不是打定主意不談嚴肅話題嗎？縱然她們誤觸禁區，我也得迴避。打從去年七月一日之後，大勢如此。

上一年已知道卓姿在醞釀組織工會。卓姿是個大氣魄的女子，不會為近年吵得面紅耳赤的減薪起義，雖然卓姿知道，加入及支持者不乏仇恨凍薪人士，各人有各人的盤算。而卓姿所反的，是把她的職系私營化。「轉了私營，場租怎樣釐定，有質素但沒有票房的節目就死定了。最好天天都是超短裙的女子樂坊，甚麼華格勒呀譚盾呀，誰要聽這些。」她知道，近幾年的文藝表演活動票房降了又降，「是平穩地——下降。」她做了個下滑的手勢。

「那你的工會搞成怎樣了。」我眞的好奇。

「搞成怎麼樣？不是『搞成』是『搞笑』。幾個月前我們已到了敲定工會守則的階段，而且在商議對外公布爭取反私營化時間表。不知從哪來的風聲，說不搞私營化了。你要知道，不是『宣布』取消私營化，是一項曾經雷厲風行的政策又『人間蒸發』。是八萬五之後的另一天大笑話。你問他，他也許會厚面皮地反問你：我說過嗎？眞的搞笑。嘿嘿。」即便是冷笑，卓姿的習慣仍在，是永遠帶著歡快的調子說任何事。「他們的腦袋是用來做甚麼的呢？做『心繫家國』、搞播國歌的短片，搞洗腦。」我後悔之極，眞不該挑起這些話題——我有完全不同的看法。異議情不自禁地洶湧而出：是的，新聞之前播國歌，爲甚麼不可以呢？我開始後悔，唯有不住地爲大家倒茶。

「我這邊也好不到哪裡去，何嘗不可笑，甲政策乙政策也是雷厲風行地發布，不是無疾而終就是一項未完就來另一項。增值、通識，都是假大空。通甚麼識呢？學生連基礎也沒有。我來說一個故事，名字叫做：上樑不正下樑歪。」天色更加黯淡，風有點寒。我把企領外套的拉鍊抽到頂，把頸項裹起來。已經來不及了，話匣子已經打開，也避不了立場一半一半對決式的撕裂。「教育當局要我們資源增值，全校老師大躍進——學power point。」美雲呷一口茶才繼續說。

「校長要拉拔老師的平均線，全校老師學完初級電腦就要學高級軟體應用。你想像一下要五十多歲的電腦盲張Sir、快退休的Miss林學高級軟體應用?!天方夜譚。於是集體上課交功課的日子來了，就『集體交功課』。校長美其名為老師交流日，找了個星期六大清早要大家回校大煉鋼，由最年輕、最高科技的教學助理指點我們一群正規老師做『個案』，無非是設一個答案樣板供大家抄襲，稍稍改頭換面就可以交功課。嘿！」美雲向我做了個難以置信的表情，「是抄功課呀，玉英，你下一次還可以理直氣壯地訓學生不可以抄功課嗎？道德操守一關如何把?!都不知道是甚麼教育政策來的。」美雲重重地歎一口氣，喝一口茶。

一陣冷場。

「可是，會不會是你校長的個人問題？而且，你們一大群老師為何不一致反對？」我這問自知有點不近人情，有些說話，朋友與朋友之間傾吐交流，是沒有準備你會反問的，應該是一方全盤傾吐，另一方全盤承接。

「嘿，玉英，」幸而善良的美雲心思並不複雜，沒有計較我的反問，「你猜，有老師肯跟你『一致』反對嗎？嘿，甚至有人同意呢？說是虛應故事，何必認眞。我教書十多年，政策從沒如今天混亂。」政策？那人呢？人又該負甚麼責任。我知道去年七一美雲憤而上街遊行，並且帶學生同行。情緒、民粹，撕裂著多片土地，世界彷彿只往更糟糕處滾下去。菜餚在談話間、夜風中放涼，有點剩菜殘羹的意興闌珊。氣氛與菜餚都有點冷。

「對啦，」卓姿忽然朝我說，「倒想聽聽你的情況，你搞創作，而且經常到中學講話。」卓姿很容易便提起勁來，她打從大學就有這種能力。爲免浪費，我們仍沒有停止下箸，卓姿待著我說話，從南瓜魚片煲內挑了塊南瓜放到碗裡。

「我其實同情他們，」「同情」兩個字可能說得語氣過於沉重，卓姿垂下去吃南瓜的一張臉吊起眼睛來看了我一眼，「啊，我指的是中學生，我同情他們，且聽聽我的故事。」一切也收不住了。

「他們像一張白紙，任人、大氣氛濡染，是我們大人沒有應許他們一個美好世界。有一次，我去了一家band3學校。我從未試過甫踏進課室，三分之一人伏案裝睡給你下馬威，而且有班主任在場。班主任尷尬死了。其中一堂課，我以中西方近代史爲題，教他們學習在一整段一二百年的歷史長河下看問題——你知道我強調視野。依我的經驗，自然科學與歷史比人文科學更容易打開學生的眼界，刺激他們的求知欲、好奇心。舉例說，反正近幾年大家都忽然關心政治，學生受影響，會問我對熱門政治議題的看法，其實一切都離不開歷史，於是我教同學思考西方的、中國的今天之種種時，要學會溯源。我讓他們知道，很多表面上非常不好的近當代中國歷史事件，既是執政者的政策失誤，也可能是歷史之必然——你們也許要罵我了——可是，平常心地想一想，當中眞的沒有歷史性的、某種文明程度下的人性局限嗎？說到底，近百年自家的近代史並非一片坦途。」渾身哆嗦，脊背一陣寒慄。夜色隆重，我把外套的拉鍊抽高，卻原來早已到頂。

「四年前，我參加滇北民族文化考察團，到中甸、麗江、昆明等地轉了個圈。某天，我們在昆明參觀當地的歷史博物館。博物館地大卻並不精緻，沒有甚麼瞄頭，不過是雲南少數民族服式及歷史之類我並不感到陌生的東西。我可有可無地逐層兜了個圈，倒是在地下一層碰上一個短期、非永久性的照片展。想也想不到，就在那裡，看到一些叫我不安了好幾天的歷史照片。你們猜我看到些甚麼了？」

我又下意識地抽一抽已到頂的拉鍊，未等她們回答我已接著說，「那是一批沖曬於一九一〇年前後，由外國人在中國拍攝的黑白照片。刺激我最深的——是凌遲照片一組八張，」我第一次「看見」凌遲，即使只是複述，錯愕寒心仍烈，「男子裸露上半身，先是鼻、再是唇，然後是乳房……黑白照只看到被割者身體扭曲，披血的臉上表情不辨，又或者是我的記憶拒絕我把表情記下來。而圍觀凌遲者眾，一如市集。」飯菜已涼透，已沒有人再下箸，「另一組叫我印象深刻的照片是鄉間當時非常流行的私刑。男子被活埋之前裸著上身被鞭笞，衣衫襤褸的父母家人被迫現場觀看，照片由笞刑到被推下深坑、坑上人撥泥掩人都有記錄。圖注說，被坑男子偷雞，衣著光鮮、神情霸氣凌厲的村長執行私刑，『為時人地方風俗』。之外，還有流民圖。」流民圖裡的流民身纏破綿絮散露的披掛，草繩束腰，算是衣服了。衣飾透露那是冬天，記憶中的、只存於照片中的寒意直迫今天的我，「我想，照片對我的震撼不下於魯迅當年在日本留學看日本人播放的斬頭紀錄片。」也在那次旅行之後，我離卓姿、美雲愈來愈遠。去年、今年的七一，是進一步、也是順其自然地拉開走遠。我冒險地多說了最後一句，「歷史彷彿沒有時空觀念，不斷錯置。清末、民初、文革，政策之外，有多少來自文明進程落後於人的國族民智沉渣。」要說出口的都說了，沒有說出口，還可以收起來的所餘無幾——例如，我們這個社會一些讀過好多書的人，竟以回歸爲『大限』、『再殖民』，殖民歷史可以昂首遙嘲我們無知……。餘下的飯局，注定只用來隱藏，出於不想傷害某些更寶貴的東西而來的善意的隱藏與逃遁。

空氣彷彿忽然凝住，氣氛有點僵。

美雲爲我倒茶，才發現茶壺的水已涼透。揚手叫侍應。

「請順便也換茶葉。」卓姿在侍應把一壺茶，一壺白開水拿走前如是說。

涼意襲人，連卓姿也圍起項巾，我們一時都沉默無語，要消化一些情緒。我內心更感觸良多，這一年，我離婚，孑然一身，正學習沒有旁人相伴如何獨對動盪不安。卓姿、我、美雲曾經是非常要好的同學，我們都是當年有理想、而且有學業成績的大學生，我們都在笑與昂揚中度過大學階段。誰有難，另外二人定必聲援扶持……。這一年，我本可多找她倆。

侍應上前侍奉茶水，也想收拾剩菜，「還要嗎？小姐。」

「都不要了。」

「你那三分之一伏下去睡覺的學生呢？」美雲終究是教書先生，「你說著說著就岔開了。」她微笑著以示靜待下文。

「啊，不好意思。你們有所不知，他們要嘛不理你，要嘛卻非常喜歡表達意見，而且一點也不怯場。有一次玩口頭創作，不用寫，就口述故事大綱，考他們的創作能力。倒嚇我一跳，不少人一開口就是時下名嘴的口脗，說話尖刻涼薄，一味批評。」

「那也不是壞事啊，起碼他們有反應。」美雲見慣壞學生，要求很低。

「我最初也如是想，但只要你深究他們的思想，一切只得符號化的空殼，沒有實質內容，卻『諷刺』一詞不離口，只怪罪他人，從不躬身自省，……我可以想像，他們未來的路有多難行……」我把話說得更清楚些，「他們多是能力差的一群，中學畢業後生計前途都費思量，卻學來一肚子怨氣。我關心教育，社會戾氣積重，於他們整個成長有害。」我轉而談我們，「畢竟我們從前不是乖乖的書呆，甚至寫大字報，怎樣淨化激憤，再沉澱為實幹的力量，過程中少點能力也不行，你我都知道。」我到現在仍得承認，卓姿是我佩服的強人，至今仍然心折。而我、美雲也何嘗是個弱者。我的「強」，甚至賠上一段婚姻。

卓姿也許想起我的處境，「你怎樣啦，還可以嗎？」

「你看見的，我工作得很好。」

「不是說你的工作，搞得太忙也不健康。」卓姿深情地關懷我，我一時爲之眼熱。彼此都在克服一半一半的撕裂。

「還可以吧，努力做該做、可做之事。」

「對啊，做該做、可做之事。」可還是一半一半的撕裂。

大家一時無言，保持善意欣賞的微笑，同時難免若有所失。

「差不多啦，要回家嘍。」時間過得極快。

「甚麼時候來一次班聚，是十五年了嗎？」美雲問。

是的，十五年了。初入中年，站前台的該是我們吧。

結帳後站起來正擬離去，迷人之極的海景夜色忽然入懷，好開闊的一幅景致。從客家菜館這頂樓俯覽，教我忍不住佇足良久，哪怕無非是個只得一面的「全」海景。

二〇〇四年十一月十五日

光環

一

忙忙碌碌，一天好容易就過去。岑絜儀把二〇〇一年四月十八日星期三的日曆撕下來，搓成一團，與眾多垃圾郵件一併丟進身邊的廢紙筒裡。她把辦公桌上的書呀稿件呀，未分類的文件、報紙一棟一棟地疊好，看似整齊了，便逐一挪到辦公桌的另一邊，以便騰出空間來放一份重新交來的舊稿：《本地貧窮》。好頭痛的一份稿件。

說它是「新來」的「舊稿」，是因為稿件一年前的七月份已交到作者手上作最後校讀，之後卻一去沒回頭。《本地貧窮》的作者方倩雯十二歲便患羊癇症，十七歲後因中央神經受損而下身癱瘓，一天之中平均要有八成時間平躺臥著。方倩雯被脊背折磨了三十多年，然而她是個生命力極度頑強的奇女子，憑本身的努力及助學金資助，她於四五年前坐輪椅到英國念博士，去年學成歸來。方倩雯成長於北頭村，那是草根階層聚居的區域，她的博士論文以北頭村居民為研究對象。方倩雯到英國念的，是貧窮理論。《本地貧窮》改寫自她的英文博士論文。

重新交來稿件的前一天，方倩雯在醫院用手機找我。

「岑小姐，很抱歉，我大改了一遍，所以遲交了。」岑絜儀收到一份全新的列印稿，不是她一年前送出去的一份。

「方小姐，你這樣做整本書豈不是要重排一次嗎？」

「我也不想的，重看發現以前譯得很不理想，非大改不可。與其要你們替我改字，我索性自行修訂了。我已經附上磁碟，你看見了嗎？」

「我看見。讓我先看看稿件再說吧。」

「麻煩你了，岑小姐，就幫幫忙吧。」

岑絜儀心想，可以幫的，一年前都全幫了。在岑絜儀眼中，最艱巨的工作一年前已費盡心血處理了。英文博士論文由方倩雯自行執筆翻譯，她的中文著實差強人意，前三分之一的理論部分連達意也做不到，後三分之二是故事式個案，岑絜儀改起來才沒那麼吃力。做了十多年社科書編輯，岑絜儀發現工作愈做愈艱難。作者即使是大學講師，文字水平也不一定有保證，有些甚至連整本書的框架也立得不好，粗心大意。十多年了，最令岑絜儀佩服的，就只有大學法律學院院長何教授。他交來的書稿，岑絜儀幾乎難以再易一字。

岑絜儀呷了一口已攤涼了的咖啡，對著那份重新交來的《本地貧窮》發愁。方倩雯重新打字、重新列印，即是她要重新編輯，公司要重新排版、重新校對，一年前的功夫接近白做，唯一希望是一年前已做了一次編輯工作，這一次在舊基礎上重做，不會像從前般辛苦費時就好了。

眼前是七月份的香港書展，屆時需與一兩位台灣行家見面，有兩三個選題要簽約。簽約在當天不過是幾分鐘的事情，但由現在到七月，岑絜儀有一大堆前期工作要跟進。方倩雯的稿件來得不遲不早，正值最繁忙的時段，令岑絜儀懊惱不已。

從文件堆裡驟然抬頭，岑絜儀發現同事已走得七七八八，只有位清潔阿嬸在倒垃圾。辦公室窗外是對面大樓的玻璃幕牆，玻璃牆昏沉沉的，顯然天色已晚。岑絜儀一看手錶，糟糕，又得遲到了，男朋友余家曦要罵了。

岑絜儀把方倩雯交來的新稿捎了半疊塞進公事包便匆匆離去。

「唉，若不是你，才不肯改了又改、做完又做呢！」岑絜儀心裡極不樂意，但也沒奈何，誰叫方倩雯是自己找回來的。想令她的論文有更多人讀到，也是自己的心願。岑絜儀自我安慰，最難做的一年前已做了，不會太辛苦吧。

「走啦，小姐。」

「走啦，阿嬸，明天見。」

「別捱得太辛苦啦，整個人都瘦了一圈。」

岑絜儀有點感動，叮的一聲電梯門打開，「再見，阿嬸。」岑絜儀快步踏了進去。

岑絜儀的心情因清潔阿嬸的簡單問候而轉喜，感覺人間有情，一切就來得這樣簡單。

余家曦今天與學校的一位舊生張道明午飯。張道明現職大律師，是院長何教授的高足。余家曦是何教授的助理，張道明尊師重道之餘，連老師的助理也交爲朋友。余家曦因何教授而與張道明熟稔。

「世界眞的變得莫名其妙。我最近親身經歷了一個荒謬得不得了的會議。」張道明一邊嚼牛排一邊說。他抹去唇上的醬汁，稍微前傾輕聲向余家曦說：「是討論仇大偉該不該去職的會議。」

「啊。」這件事余家曦早有所聞。

「你以爲香港人回歸後更正義了，更追求民主自由了，不是嗎？遊行示威幾乎每週三兩次。表面上看似如此吧，事實上卻並不盡然。」張道明喝一口冰水繼續說：「那個仇大偉呀，夫婦二人隱瞞持有一家公司超過一半的股份，連刑都判了，只因有人求情，法官才輕判以社會服務代替即時入獄，但犯法就是犯法，竟然還可以安坐區議會主席之位。」看得出張道明十分氣憤：「嘿，此事不但在社會上沒有引來甚麼回響；更荒謬的是，廉政公署有一個肅貪倡廉的活動還請他去剪綵！嘿。」張道明共嘿了兩次。

張道明愈說愈氣憤，「那天已經是區議會第二次討論仇大偉是否需要辭職，我是被邀出席的法律顧問。」他說，那天在偌大的區議會議事廳內，冷氣開得特別厲害，卻凍不住雙方噴射的火花。議員們在奶白色軟皮高級坐椅上舌劍唇槍，分成兩派互相指責。早在上一次會議裡，建港黨胡議員動議仇大偉必須辭職的建議，已被身爲主席的仇大偉本人否決。胡議員誓不罷休，在取得一定的簽名支持後捲土重來，卻想不到會議竟荒謬地成爲聲討胡議員本人的追究大會。白鴿黨的涂國仁猛轟胡議員別有用心，目的是要拉非白鴿黨的人下馬；有人甚至說胡議員是教徒，不應完全沒有寬恕之心，「只看見別人的刺，而看不到自己眼中的樑木」。道德與非道德，甚麼才是正義公平，一時間都給搞得面目模糊。

「那天我簡直大開眼界，那麼多人維護他，我還以爲要反過來頒個光環給仇大偉呢？」張道明狠狠地嚼牛排。「我城人呀，沒有上街遊行過、爭取過的『議題』就不放在眼內。」張道明吞下牛排，喝一口冰水，又再無奈地說：「像居港權、人大釋法等大問題，我倒懷疑在一片批評聲中，眞正明白、而且是從法律觀點上明白事件理據的人有多少？半明不白，我城人就去表態。他們眞的『明白』事件的意義嗎？相反，對一些很切身很具體的不義之事，像仇大偉這樁，大眾卻讓它平白地發生在光天化日之下。嘿！」張道明又切了一片牛排塞進嘴裡。

「也不見得吧。不是連專業律師也上街反對了嗎？」余家曦幽幽地說。

「唉，那又是另一回事了。」張道明被提醒了一些更複雜更惱人的問題。「眞的動輒得咎，何教授那次便被整得很慘。」

「也沒甚麼的，你清楚他性格，幸而他是個眞眞正正的學者，沒有想撈油水的私心。無所求，就甚麼也傷不了他吧。」余家曦連女朋友也是因何教授而認識的，他對這位上司特別有好感。

「說起這件事，有位現職檢控官的學長對我說，入境處那宗縱火案最快會在半年內正式開審。唉，到時又不知道會發生甚麼事了。」

已在忘卻中的一件舊事陡然被張道明提起，余家曦的心像被刀尖刺了一下，往事在悵然不樂中暗暗浮現。

午飯很快便在余家曦的若有所思中結束。

二

看看手錶，我知道又遲到了。這習慣眞的要下決心改掉。

余家曦是個好男友，我知道他永遠不會在這些「小事」上與我斤斤計較。也許，我這份德性就是給他寵出來的。

我這個女友甚麼也好，就是經常遲到最壞。而且是公事必然準時，只挑應我的約會才經常遲到。

我眼眉跳，知道他開始嘀咕了。拍拖七年，家人三年前舉家移民加拿大時就催我倆結婚，我不答應，我享受獨居生活，喜歡有更大的空間。反正大家也不考慮生兒育女，結婚與否不過是形式問題而已，我這樣想。

「下一站是佐敦，請勿靠近車門……」

快到佐敦站了，再看手錶，是七時十八分，我大概遲到二十分鐘。累家曦等我的確十分不好意思。一男一女相處，中間不可能沒有爭拗，七年間有過一些感情危機，也攜手解決過一些困難，幾次在週六到方倩雯家裡去、到醫院去，就多得家曦陪我，他見證了我生活中的一些大事，而我也與他共度過不少難關。感情，就在跌跌碰碰中日漸深厚、穩固。

列車到站後我急忙出閘，找相約的地點——恆生銀行。

不遠處，我看見一名呆站著的男子——家曦。

「對不起，對不起。」我一手勾住男友的手臂，我知道這是管用的。

「晚飯我請，我請。」再向男友堆上一面甜笑。

晚飯時我與絜儀談生活中各式各樣的瑣事，她有說不完的話。上甜品及咖啡時絜儀欲言又止，像有心事。「其實我也有心事，」我逗絜儀先說，「你說了，之後就到我說。」絜儀的「心事」，原來與好久好久以前的方倩雯有關。

絜儀問我：「你覺得在這件事上，我有做錯嗎？」

我想起褲袋裡明晚的兩張戲票。我猶豫了一陣。

「說呀，要說眞話，我想聽聽你的意見。」絜儀催促我。而我知道女人大都知易行難。絜儀還要加一句：「不許說討好我的話。」

我怯生生地說：「也許，你是有錯的。」

絜儀把眼睛瞪得老大，我爲兩張電影戲票抹一額汗。

「我錯？錯在哪裡？難道做事熱心一點投入一點也有錯嗎？」

絜儀的反應一如我所料。她是個挺理性的女子，我相信她理性上是想與我冷靜討論的，但誰叫我是她的男朋友。由一個疼她的男朋友去觸她的痛處，她會叫。

「問題就出在如你說的『熱心』之上。你承不承認你『沒有按正常標準去待她』呢？於是，她也反過來『不按正常標準去要求你』。有些分寸是雙向的……」

絜儀聽得眼紅紅，抓起手袋、公事包霍然從座位站起來，轉身向餐廳門口走去。

我拿出袋裡的戲票，讓它壓在凍檸檬茶的玻璃杯下面。明晚的約會九成泡湯。我也沒有太大的失望，反正自午飯後心情就不大好。而這個已相處了七年的女友，我熟知這個獨立女子的脾性，她不是眞的惱我，給她一點時間、空間便行。她要在好大好大的空間裡獨自面對一件棘手的事情，這時，男朋友也要讓路，退避三舍。

三

我推開餐廳門，鼓著一肚子氣在大街上茫無目的地蹓躂，獨自在人流中穿梭。

一切由讀報開始。方倩雯博士論文的特別之處是從人、人性化的取向去解讀貧窮現象，得出很多數據分析以外的啓示。窮，對人的影響不只是外在生活條件的匱乏，方倩雯認爲貧窮雖然不是DNA，卻有可能「遺傳」，其中一種原因，是窮人的教育水平一般都比較低，於是上一代不懂得如何協助下一代，甚至兄弟姊妹間也不懂得互相照應，於是一幕又一幕別人難以置信的悲劇「代代相傳」地發生。

方倩雯論文中的四個個案在報上摘要發表，我讀得異常感動。深深地感到探討貧窮問題除了專注數據：如公援金的款額、貧困人士的收入中位數應如何計算等等，還應該關注、研究貧窮者的心理——這就是方倩雯博士論文的重點。

而方倩雯的一生，本就是個很有吸引力的勵志故事。那天讀報後，我看中了她，也看中了她博士論文的中譯本。經公司同意後，我幾經轉接才找到她的聯絡方法。還記得聯絡上的當日頓感陽光燦爛。做編輯，所求者不過是想碰上銷量有保證，同時又有社會意義的書種吧。

我結帳後離開餐廳，茫茫然地在大街上盲目蹓躂，獨自在人流中穿梭。我知道自己心情不好不是因女友棄我而去，而是因為另一件事。

一切由午飯開始。午飯時我沒有告訴張道明，入境處縱火案被無端燒死的梁松光是我表兄。表兄的死，令我哀傷了好一段日子。這是理所當然的吧。而我的哀傷期卻特別長，家裡人以為這是小時候表兄特別疼我之故，我知道內心深處有更複雜的原因。

人生是微妙的，假如縱火案是一個小小的繩結，追源溯流，順繩結往上溯，到某個位置，繩奇異地原來也繫到自己身上。

一切可以兩年前，一九九九年一月二十九日終審庭的判決為開端。一九九九年一月二十九日，是我城人難以忘記的日子之一。

那天午飯後沿大學路返法律學院院務室，只見門外盡是記者，還有打燈用的反光板、站在腳架上的攝影機，情況混亂非常。他們要採訪院長何教授。自那日起，何教授被捲入了不能自拔的漩渦之中。由往後半年的反應來看，何教授是自願介入的，他在我面前便曾說過：「誰叫我是《基本法》起草委員，又是現在的《基本法》委員會港方代表之一，有些事，是你的責任，抽身不得。」我即時被何教授的責任感打動。我欣賞他承擔事件的勇氣，更佩服他在承擔過程中顯現的睿智與冷靜，他總能切入事物最錯綜複雜的交纏處，予以最客觀冷靜的扒疏整理，一如庖丁解牛。不少人也預見居港權問題是個纏人的泥沼，都勸他少給意見爲佳。而他卻認爲，自己是個搞學術的——也只不過是個搞學術的教書先生——知識分子對政治沒野心，沒甚麼可失。反之，何教授認爲他可以藉著這個難得的機會認眞思考一下《基本法》落實上的一些具體問題。「這始終是個新生事物」，何教授說。何教授的用心十分單純，他覺得這是社會的事，是法律學界的事，也是他的事。他認爲自己能在事件中找到發言的空間，爲事件提出一些省思，與其他人集思廣益。

社會大事與個人關係有多密切，它甚麼時候才纏到你身上，人從而因禍得福又或者飛來橫禍看似冥冥中自有安排，然而在偶然之中又暗藏必然。我常忽發奇想，假如居港權事件能朝何教授善意期許的方向發展，也許，表兄就不會被無端燒死。

香港之夜，熱鬧而繁華，原來假如心中被一些事卡住，更吸引的照明燈光、廚窗布置，一如身邊彌敦道的柏麗大道，也吸引不了你的半個注目。

印象中浮現一個充滿記者的場面，一塊塊的反光板，一枝枝如大毛刷的吊咪，我就在這樣擁擠的情況下到訪北頭村第八座三〇三室，方倩雯的家。我被現場的陣容嚇了一跳，記者們搞清楚我不是與他們爭新聞的同行後，便給我讓出一條路。我擠過人堆按門鈴，讓方倩雯的菲傭確認身分後，門開出一道縫，一隻手用力把我拉進去。這時，讓路給我的記者蜂擁而上，我被由門內伸出的雙手緊扯，才得以穿越也往屋裡鑽的記者群，縱身跌進屋內。我還未站穩，門便啪的一聲關上。甚麼「方小姐你對社署的指控有何回應？」、「你會歸還騙取的公援嗎？」……都給摒諸門外。

我好容易定一定神，喝一口由菲傭遞過來的冰水，從公事包中取出合約放在圓木桌上。圓木桌的另一邊，是備受困擾的方倩雯。

我看得出方倩雯的眼睛有點紅，「謝謝你。」

「不用謝，出版是我的工作。」我知道彼此指的是兩件事，都心照吧。

「無論如何，感謝你在此時此刻的支持。」方倩雯這天神情罕有地略爲沉斂，與往日所見不同。上幾次在大學餐廳見面時，她總是神采飛揚的，彷彿要證明令她矮下去的輪椅並未困得住那顆不斷飛揚的上進心。離開大學飯堂時與她並排行走，她在輪椅上總以加倍的自信來迎接飄送過來的各種目光。那時我就感到，這個由崎嶇之路熬過來的女子，有非比尋常的求生志氣。

對於「騙取綜援」這件事我是留意了的，也與老總商量過，坐在方倩雯的家裡，她的家當一眼就可以看盡，都是些樸素破舊的家具。她平日見人總愛悉心打扮，出入又有菲傭隨身，光憑表象難免惹人猜疑。而她與社署的矛盾，出在幾項津貼同時支取——領取研究助理收入期間，沒有讓發放綜援的社署知道她有這筆收入。「岑小姐，你知道我做研究，就說影印吧，也是支出呀。而且研究助理是短約，一年後就結束……」我知道她在踩灰色地帶。那時她在申請不同的教席，知道事情搞大了對自己不利，於是方倩雯很快便答應社署賠款，錢從每月的嚴重傷殘津貼中逐月扣除。

即使社署方面因方倩雯答應賠款而暫時不會追究責任，但慣於譁眾取寵的傳媒哪會輕易放過這機會呢，自然樂於對事件肆意抹黑，大做文章。於是，半年前他們強調方倩雯的故事如何勵志，一手把她捧上天；半年後的今天，他們則強調她說謊欺詐，把她狠狠地踩到地底。

我出於對她的同情，出於對弱者的刻意寬鬆，更重要是我眞的想出版她論文中的個案，讓一把把眞實的、掙扎的聲音曝光。於是，我在追求完全的光明的做人原則下，例外地接納了一次曖昧的灰色。她與我，都在踩灰色地帶。

香港之夜，熱鬧而繁華，原來假如心中被一些事卡住，更吸引的照明燈光、廚窗布置，也吸引不了我的半個注目。不想即時回家，我在一家清吧叫了一杯大啤酒，獨個兒讓記憶如潮般湧現。

經過那風風雨雨的半年相處，我對何教授更添敬意。他果然是個禁得起考驗、不折不扣的大好人。

我是他的院務助理，是他的秘書，對於那半年，我有最詳細的紀錄。

事件以一九九九年一月二十九日終審法院的判決爲開端，在往後的三四個月內迅速惡化。偶爾與何教授談起居港權、人大釋法一事，他仍堅信要是大家好好珍惜機會，一九九九年五月之前，事件是有希望比較完滿地解決的。由三月至五月初，何博士以他最大的熱情，樂觀地縱身躍進這個日後令他幾乎滅頂的漩渦裡。

一九九九年一月二十九日本地終審法院判決後的那個二月份，何教授是樂觀的。他在報刊上發表文章，試圖爲激辯的雙方降火，既請大陸狠批事件的「四大護法」要克制冷靜，又指出終院判詞也不全對，指出終審法院對何謂「港方內部事務」的解釋存在不能自圓其說的理據矛盾。及後，也是意義更重大的一步，何教授於二月十三日一個叫「家書」的電台節目中提出他認爲最可行的解決方案——修改《基本法》，「由港方向人大提出一個《基本法》第二十二條的簡單的和幅度甚小的修改方案」。何教授更爲修改方案打了草稿，文件不足半頁紙，希望以最少的技術性修改來堵塞入境條文上的漏洞。在何教授眼中，《基本法》是新生事物，有漏洞不足爲奇，一切都不過是技術性問題而已，有錯便討論之、糾正之，不可能引來掀然大波。這是何教授的思想脈絡。

何教授眼見在電台上的公開信未有引起公眾注意，便在三至四、五月間，加倍努力地促銷這方法，既不斷在中英文報章撰文——而且是邏輯思路清晰完整的長文——又忙於把提議寫成正式文件，循正規程序提請立法會的憲制事務委員會討論此事。二至三月，何教授認爲是最有希望把事件比較完滿地解決的關鍵月份，即使兩年後，前一個月與他在午飯中重提此事，他也作如是觀。只可惜，當時法律界中人，以及人權界中人，都只專注政府打算提請人大釋法這個可能，針對這提議對我城獨立自主的破壞而猛加攻擊，對於這個可能性以外的其他可能性，輿論並未予以應有的重視。一時間，整個社會「法律專家」輩出，我城人用上全部的精力來撲滅政府這個初步構想。何教授這類知識分子式的低調努力，根本提不起我城人的興趣。

事情發展至四月底五月初，我開始看見本來還很樂觀的何教授憂形於色，他扼腕於可以比較完滿地解決事情的時機已白白溜走。時間、時機，不會爲輕率地放過它的人而重來。

在何教授仍未死心的那兩個月，即是二至四月，我就不斷爲他的文章打字，偶爾也把若干文章譯成中文，又或者充當跑腿把文件送往立法會。那時他已不用經常接受傳媒訪問，傳媒對他已沒有了開始時的興趣。據我的觀察，當時傳媒要的，是些可以用一兩句概括的觀點，他們只想知道你的立場、結論，而何教授的分析未免太「長」了，難於「摘要」。我城人要的是表態，而不是思考的過程。

五月初，何教授已感到一股巨大的力量正朝與他相反的意願推進。

在街上胡亂地逛了一陣後，整個人也鬆了，倒想立即回家，認眞地讀一讀方倩雯交來的新稿，盡快評估情況。

那次與方倩雯正式簽約後，我們的聯絡便算暫告一段落。翻譯博士論文不是兩三天的事情，我打算幾個月後才跟進情況。然後，自己又投入一連串沒完沒了的、繁忙的公事私事裡。忽然有一天，大概是半年後，水果報刊登了她病危的消息，旁邊是一張她頭髮凌亂，兩眼反白，鼻插喉管，口空洞地張開的照片。第二天早上，我從報館方面取得地址即直奔醫院探病。

那時連方倩雯也相信自己時日無多，於是仍在她北頭村內的一份論文中譯本，一份已完全翻譯，但只有八成篇幅定稿的稿件，就由我找了個星期六，在家曦的陪同下，以及在她的家人見證下，下載到一片小小的磁碟內拿回公司處理。由於方倩雯轉入深切治療部在即，我要爭分奪秒地處理稿件，起碼要做完第一次編輯工作，勾出不明白的地方，由她口授該如何改寫。稿件的前三分之一是不同貧窮理論的介紹及評價，文意較複雜，改起來相當困難。跑了數趟醫院，爲的就是解決這部分的問題。往後的三分之二是六個詳細的個案，以故事形式敘述的事實比較容易掌握，修改起來難度較低。

日子一天一天地過去，好容易才將整份稿件處理了一次，而此時方倩雯卻因手術失敗而遝轉深切治療部。那時我眞的害怕她趕不及親眼看見自己的新書出版，於是發稿並經總編同意後，即時安排外發排版，不在公司內按正常程序等設計員處理。排版後又匆匆安排了兩次校對，之後就是交回作者的第三次校對。第三次校對送交方倩雯過目的當天，我還記得自己一早便撲到醫院的深切治療科，準備換上消毒衣服內進，已熟稔的護士對我說她已轉往普通病房。心想，果眞是個生命力強韌得驚人的傢伙。我喜孜孜地又撲往普通科，向她送上三校稿，還說，交回來的半個月後即可出版。當時看來，一切都完滿順利。

誰知三天之後，我在辦公室收到方倩雯的姊姊打來的電話。

「倩雯要我向你說八個字，」聽得出電話筒那邊在找東西的聲音。「岑小姐，請你等一下」，「找到了，她說，她要我向你說：充滿錯謬，延遲出版。」

我即時如雷貫耳，整個人像被鐵錘重重地擊了一下。

在街上胡亂地逛了一陣後，又在清吧喝過了一杯啤酒，整個人也鬆了，倒想立即回家，驀地想起一個人，想找他的資料來重溫一下。

在一般人眼中，事情以五月十八日爲分水嶺。一九九九年五月十八日我城特區政府決定提請人大釋法。而我以世俗人的眼光，看出何教授在五月十八日後將會面臨危機。

我一直擔心何教授的處境，而他卻總是泰然地認為心清理直就能戰勝一切。他沒有察覺釋法在即，任何「支持」釋法——「不反對」就等如「支持」——的行動勢必等同出賣我城的利益。我清醒地感到，何教授有被扣帽子、醜化的危機。我幾次從旁委婉地提出自己的憂慮及看法，何教授都不以為然。

面對急轉直下的形勢，何教授有點失望，但堅持仍會積極回應事態發展，更嘗試勤力閱讀各方理據，希望緊貼形勢，提出及時而切實可行的對策。他對我說：「家曦，你要記住，法律有它需要堅持的精神；但法律同時是一種實行上的藝術，不可行的東西，構想上再完美也是空話。」而他日後被攻擊得最多的，就是他那「緊貼形勢」的做法。

何教授抱著「緊貼形勢」、以事論事的心情，在政府決定提請人大釋法後，就轉而思考「那以後又怎麼辦？除此次之外，以後又該在甚麼情況下才提請人大釋法」的問題。他認為今次的釋法既然已成定局，他就要向前看，好好規範這既存的事實。於是，在五月底，他天真地積極撰文，又寫建議書向立法會提出他的意見，草擬了一份「憲法性慣例」予立法會討論。

這一次，仍然沒有人理睬他所關心的課題。雖然釋法已成定局，但各有所圖的各式勢力，還是咬著釋法這個議題不放。社會上固然是應該有堅持原則、不輕言妥協的力量吧，但那不應是社會的全部；然而，當時上至立法會，下至電台的撥入「烽煙節目」，都仍然在談論應不應該釋法的問題，並以此討論焦點爲「正義」。

至於何教授提出「憲法性慣例」，即是「接受」當前的一次釋法行爲，這舉措不但沒有得到回應，最後終於成爲別人攻擊他的口實。

七月一日回歸週年紀念在即，山雨欲來。在烽煙四起的六月底，何教授在一次於校舉行的公開論壇上，被他的好友、大律師公會主席，在電視台記者及報界面前，公開指責他「在政治壓力下不斷低頭」，「你還記得你從前說過些甚麼嗎？」

傳媒自然不會放過兩位法律界頭面人物互相「指責」的場面，除以花邊新聞方式勾出來特別報導之外，還不懷好意地挑了一張何教授剛好低下頭去的照片來爲文字配圖。文字加圖片，成功製造「他錯了」的效果。之後的幾日，電台的「烽煙」（phone-in）節目也有聽眾表示鄙視何教授的做法，……他的情況，一如我預料般惡劣。半年努力，得來的結局是，他的具體評論及提議均問津乏人，連清譽也需花點力氣才得以保住。

光環，屬於論壇後的一次活動——六月三十日二百多名法律界人士的靜默遊行。

由橫街轉入大街，再向地鐵站走去。獨自散步了約半小時，重溫了一些事，心情複雜。步進往荃灣方向的列車，回家後我就開始看稿。

喝過啤酒也散過步後，我逕向地鐵站走去。重溫了一些事，心情複雜。步進往柴灣方向的列車，回家找我想看的東西。

四

余家曦回到他一個人住的家裡，絜儀只偶爾來與他同住。這個單身男子的住處有鐘點菲傭打理，一切也井井有條。余家曦到廚房倒了杯冷開水，到書房扭開房燈，啓動電腦，用寬頻找一個人。

余家曦想找的，是他表兄。余家曦沒有直接進入入境處同僚爲他設立的網頁，那網頁設計得太像個靈堂了，今夜他不想面對那哀傷味濃重的畫面。他嘗試用另一途徑重溫表兄那件事。余家曦先進入「雅虎、香港」，在檢索欄上打下「居港權」三個字，心想，這該是另一條最快捷的途徑吧。十多秒後，出現一列標題，奇怪地偏就是沒有表兄「梁松光」一條。余家曦返回主頁，在「居港權」旁邊打上「+」號，再打上「學聯」或「甘神父」等配搭，走出來的標題與第一次打入「居港權」時跳現的標題相若。

余家曦唯有在有限的標題中，隨意挑一條內進。他挑了「居港權事件始末」一題，這是我城大學學生聯會主持的網頁。主頁上有一個表格，以日誌方式詳列了事件的始末。表格的時間上起自一九九九年七月，下迄於二〇〇〇年八月二十九日，以「七十名講師聯署聲援學聯七子」一條作結，看來已有一段日子未有更新資料。余家曦小心查看，在仔細非常的表格中並沒有找到表兄入境處被縱火的資料。余家曦再次返回滿是標題的主頁，挑了另一個標題進入，是一個由某教會建立的網站，上面有網站主持人某牧師的照片。余家曦記得這位牧師選過區議會，活躍地介入各種社會事務，這網頁內有一個由他編製的「居港權」事件簿。余家曦再次小心細看，發現上面有爭取居港權人士的集會資料，各式示威及集會的內容摘要，卻仍然沒有表兄那件事。余家曦仔細地重找一遍，滾動畫面上的卷軸，順二〇〇〇年十二月往上溯，十一月、十月、九月、八月、七月過去，終於在八月份內找到「梁松光」三個字。表兄的名字出現在甘神父的一篇悼念文章之內，文章寫於八月十日，甘神父悼念大火中喪生的兩名死者，表兄及一名爭取居港權的過期居留人士秦小兵。不斷地在不同標題上進進出出，余家曦發現，原來各網站都沒有把縱火案事件當作獨立的一條資料來處理。連表兄的死亡日期，縱火案發生的日子，余家曦也要幾經轉接才在一篇文章內找到。表兄的身亡時間——八月二日。

余家曦轉到一份報紙的網頁內，在「昔日新聞」中找到二〇〇〇年八月三日，在那裡重讀了縱火案當天的具體情況。

辛辛苦苦地找了一個晚上，余家曦赫然發現，原來表兄的死，在我城大學學生聯會、某牧師，以及若干爭取居港權組織的論述結構內，不是一件相關的獨立事件。余家曦禁不住心頭一慄。在他們的角度下，入境處縱火案是一次不幸的、主——線——以——外——的意外。反之，因抗爭手法不斷升級而導致的各式警民衝突，例如學生與警方的多次對抗，被捕與拒捕，大學講師靜坐示威支持學生運動等等，卻一一清楚地羅列在事件簿上。主線與非主線，彷彿就端賴你的論述角度；主線與非主線，本來就無所謂有與無。余家曦剎那間有點悵惘。

表兄的死，在出殯當天棺木給我城區旗光榮地覆蓋的一刻，是凝重的，卻原來它的重量並不實存，於不同的線索下，它的重量因審視者而異。多元的世界就是這樣個多元法嗎？各自論述，就等同完全泯滅基本事實了嗎？還有，有了大前提就不用照顧細節了嗎？余家曦腦海裡湧現一連串的疑問。

余家曦驀然想起女友絜儀。他即時搖了個電話給女友，也不管女友仍惱他沒有。

回家後痛快地淋了個熱水浴，岑絜儀就跳到床上去。她把廳燈關掉，只按亮稍暗的床頭燈。這是她的習慣，表示她要開始專心工作。這習慣與男友剛剛相反，家曦埋首苦幹的時候喜歡燈火通明。面對方倩雯這件事，岑絜儀莫名地有點怕。她需要安全感，卻沒有選擇在男朋友家裡看稿，她要獨自處理這件自己一手造成的麻煩事。她坐在床上，背頂著枕頭，一頁一頁地在燈下細讀方倩雯交來的新稿。她要冷靜客觀地評估稿件的最新情況。

對於「充滿錯謬，延遲出版」八個字，岑絜儀到今天仍然莫名其妙。怎可能是這樣的。記得自己發稿那天，午飯在一家快餐店裡碰上總編輯。絜儀瞥見總編輯的神情有點恍惚，膠托盤上的餐湯不斷打圈漩轉並不住往外溢。

「李總。」

「絜儀，是你。」

大家找了個位置坐下。

「李總你沒事吧，你的餐湯快倒光了。」

「啊，沒事的。」他拿紙巾揙了揙鼻，「不就是讀了你發的那份稿囉。」

「啊？」絜儀其實不太明白。

「社會上原來有這樣慘的窮人。你知道嗎？我看個案時哭了。」

岑絜儀覺得，這老闆有一顆善良的心。

岑絜儀心想，假如有錯，頂多也只是出在前三分之一「貧窮理論探索與評估」一章之內，因爲後三分之二是實實在在的個案，全稿是不可能給批回來「充滿錯謬」四個字的。

岑絜儀拿著新稿一頁一頁地細讀，也拿起鉛筆試改了十多頁。一直緩緩地看下去，岑絜儀於不經不覺間忽而驚覺情況不妙。她立即跳下床取出手提電腦，查看久未打開的，當年送交方倩雯的稿件版本。岑絜儀在首六十頁隨機抽樣對照——吃驚地發現，那個倔強的方倩雯原來是拿著自己的原翻譯稿，在自己原基礎上做修訂工作。對於絜儀的文字編輯，即使是最次要最簡單的文字打磨，方倩雯都沒有參照採納。而給方倩雯所謂重新修訂過的地方，文句依然不通不順，一如既往地有些段落連達意也未能做到。那就是說，假如再想出書，岑絜儀就得艱苦地再來一次。

岑絜儀有透骨的恐懼。她知道自己不是因工作要重做而給嚇住，事實上她連害怕些甚麼也未搞清楚，只隱隱然感到人性某一面的乍現令她頓時惶惑失措。

她整個人都呆住了。

就在這時，電話鈴響亮地鬧起來了，是男朋友余家曦。

「喂。」

「喂，絜儀。」

「眞好，我正想找你。」

「結束冷戰吧，好嗎？」

「你知道我不是真的惱你。」

「明天我們照舊見面嗎？」

「當然。」

「那下班見。」

余家曦的心情每逢浮動不安時，就會想起女友絜儀。他知道女友有一顆熾熱的心，雖然激情過多偶爾會令女友失之於偏，阻礙了她切入事物最深入複雜處。可是，他這個法律人在寒冷的時候就需要女友的熱度。與偶然未免有點莽撞的女友絜儀在一起，余家曦內心某種莫名的恐懼就會消滅。

絜儀知道自己只是看似堅強，情感卻十分脆弱。都三十多歲了，竟然仍會稚嫩地因某些人性的展現而受驚。每逢這些關頭，她就會慶幸自己有一個穩重可靠的男朋友。

五

太陽毫不留情地在我頭頂散射無窮熱力，短袖黃襯衫下的汗衣幾乎濕透，黏乎乎地貼在發熱的皮膚上，感覺十分難受。

「先生，請問康復大樓B座在哪裡？」我向一群正在小休的工地工人問路。

啊，還得向前走呢。工地工人先生用手指向烈日下的一個遠方，我順著他的手向遠方望去，「你先繞過網球場，之後會有一道橋，過了橋會有一棟棟簇新的建築物，那裡便是康復大樓區，你再問人哪棟是B座好了。」

平日不時會在回家的車程中經過區醫院，卻不知道它原來真的很大，大得叫人有茫無頭緒的感覺。區醫院坐落在一個小山頭，建築物分布得並不集中，對病人來說這是好事，這裡有最大的空間，有一幅幅的草坡，建築物之間甚至可以隔一兩個網球場。可是，對於我這個外來訪客，到達主診大樓原來並未解決問題。我要找的康復大樓區在主樓老遠的另一面，其實是山的另一邊。我穿著高跟鞋，挽著公事包，在暴烈的艷陽下像被發配充軍般蹭蹬前行。

我向一個在草坡灑水的阿嬸再次問路以確定方向，但見阿嬸兩邊面頰給曬得漲紅，汗——與其說是汗，不如說是有人迎頭向她潑了一盆水，淋漓地在額頭、頸項流著。

「熱啊。」阿嬸苦著臉向我搖頭，我報以同意的苦笑。

小島五月的熱如身陷蒸籠，空氣像死掉了似地一絲不動。在三十八度高溫下，發光刺眼的石屎路走完一段又一段，草坡、球場一個個地翻過，爲的就是找方倩雯，親自向她呈上公司的出版解約通知書。腦海遽然閃過事件始末的片段，心中不無委屈。事件在公司方面算是有了個結論，但我深知事情離「解決」仍有好長的一段距離，就像我人已到達區醫院，但要找到她。她身處的康復大樓B座，仍要走一段不短的路。方倩雯如何看待這個結果實屬未知之數，我明白這個人，深深地明白她的堅強處以至剛愎處，她會用猛勁對抗生命中的逆境，包括與我的這次糾葛。

幾經艱苦後終於找到了康復大樓，由酷熱霎時進入冷凍，手臂起了雞皮，之後還打了個大噴嚏。在護士帶路下我終於來到方倩雯床前。她正在午睡，我靜靜地站在一旁看她，百般滋味湧上心頭。她的精神看來不錯，褐黃的面色帶點亮光，只是臉胖了一大圈，面頰向橫拉開，整個頭比以前大了三分之一。她醒過來了，發現是我。

「呵，叫醒我嘛？」她連忙看看左右有沒有空椅子，「坐呀，找張椅子坐呀。」

我坐下來看她，不知如何開口。正對著她時，竟覺得錯的是自己。「你胖了。」

「吃藥的後遺症。」她拿起面前一杯加了檸檬的可樂呷了一口，「口很淡，也是吃藥的後果。我的書稿怎樣了，是書稿的事嗎？」

一時間我怯生生地不知從何說起。「你爲甚麼不在我給你的三校稿上做修訂呢？你交來的，基本上是一份全新的稿件。」

「不是說可以修改的嗎？」她盡力瞪大眼睛，人比剛才更清醒了些。

「可以，要做在三校稿上做嘛。」

「有甚麼分別呢？我都自己打了一份新的給你。不用花你們公司的時間。」

「那份三校稿我們已排版，」我知道問題不在這裡，「……更重要的是，你在自己的原稿上做修訂，我的文字編輯你一點也沒有採納……」

「岑小姐，我知道你不但是個編輯，平日還寫寫文章。可是，做研究你就不在行了。我是做學術研究的，不是搞創作！」她比我更理直氣壯。

「我……我確是沒有能力再處理你的稿件了。……」望著她胖了一圈的圓面，我驀地有點淒然，又有些惋惜。

「這一次我已經做了更仔細的文字潤飾，你要做的工作應該接近零。」她的自信心又來了。

「問題正出在這裡。稿件的第一部分我已重看，不明白、讀不通的句子仍很……」

「你找出來，我們當面看看。」她打斷了我的發言。

「不再這樣了，這樣的工作方式一年多前已試過，那時我跑了不知多少趟去找你……，不說這些了。公司決定解約，我今天是爲親自面呈解約通知書而來的。既然你對新的書稿如此有信心，我相信你是可以找到另一家出版社的。」我知道自己口不對心。處理她稿件的艱苦處，尤其是前三分之一，我不相信能輕易找到另一位現職編輯去處理。當然，我相信她是始終能找到的。人間有情，總有人樂意做一些有意義的事吧。

方倩雯默默地讀著那封出版合約通知書。

「方小姐，公司稍後會正式寄出一式兩份的解除出版協議，你簽署後，其中一份寄回給我便行。」我趁她沒有再向我發問就匆匆告辭。我想她是一時間還未反應過來，也沒有攔我，於是我又從冷凍走回酷熱，踩一段又一段的熱路。

六

絜儀得了重感冒，我把她接到家中照顧。我雖然是個男子，卻因爲獨立生活慣了，學會照顧自己，也學會照顧別人。

「絜儀，醒了嗎？」我輕輕地撫她的額頭。

「幾點了？」

「下午二時三十八分零七秒，想吃點甚麼嗎？」

絜儀點點頭。

「那我阿四就去倒給你吃。」

「今天是星期幾了？」絜儀茫茫然地問我。

「星期六呀，小姐。好好地再多睡一天，星期一擔保你可以精神奕奕地上班。」

我遞上稀粥。

「其實你偶爾病一病也不錯。你不知道了，這幾天多溫馨。」

「嘩，你好黑心呀。」絜儀幾乎要把吃著的東西噴出來。

這是真心話，整個四月就因為與張道明的一頓飯而心緒不寧。絜儀因為要處理方倩雯的事而忙亂著，我也不好去打擾她，我摸透了她的脾氣，逢上這樣的時節，她就要獨個兒進入作戰狀態。要不是她病倒了，我才不可能把她留在家中整整四天呢。

方倩雯的事情的確一如她所料，並未因解約通知書而鳴金收兵。之後，方倩雯打電話到絜儀的公司，說要找「老闆」。接線的同事對解約一事略有所聞，加上總編出差上海，就把電話轉給絜儀。絜儀少有地在辦公時間內打電話找我，為的就是與方倩雯通過電話。她說，想哭。

「我總編不在香港，你有事我可以轉告嗎？」

「不行，沒有第三者在場我不再與你說話。」

「……總編真的不在公司……」

「他不可能沒有手機吧，我有要事找他。」

「這樣吧，他一個星期後便回來，屆時再替你安排吧。」

「你要我等一個星期?!」

「方小姐，別太過分吧，我也等了你兩年啦。……」

「那他回來後就請他與我聯絡，我有事要直接向他說。否則，岑小姐，你等收我的律師信吧。」

我知道絜儀又想起公司的事情，尤其是已困擾她個多月的方倩雯事件。她一邊吃粥一邊在床上向正在收拾案頭雜物的我說：「你知道我最不服氣的地方在哪裡？」

「功夫白做？」

「不，我從來不怕辛苦。」絜儀說著又停了下來。

「你知道嗎?只要她向報紙，尤其是生果報、宇宙報說我欺負她，譬如不容她糾正我改錯的地方等等，他們來拍我的照片，更可怖的是拍我老闆的照片……我就玩完了。」絜儀搞著手上的一碗粥水，「百辭莫辯呀。那時我便水洗也不清了。」

我知道女友仍然爲方倩雯的事而擔心，「你的絜字多三點水不就好了嗎?有水洗啦。」我完全明白她的心情，並且想起最近也困擾我的事——居港權、表兄梁松光，以及院長何教授……。

「絜儀別擔心，一切有我。」我把絜儀摟在懷裡。

我何嘗不渴望得到另一個人的安慰與支持。只是男人大丈夫，不好在女友面前婆婆媽媽，更何況女友都夠煩了。

「絜儀，別想這些了，我給你看兩篇何教授的舊文章，寫得非常精彩。」我把兩篇昨天從辦公室影印回來的文章遞給絜儀，一篇寫於一九九九年七月六日，一篇寫於七月十二日。

七

七月的兩篇文章是何教授退下居港權戰線的告別作。事件於七月後已由法律討論轉為社會行動，何教授非退不可。七月六日的一篇文章約六千五百字，叫〈宜公正評價人大釋法〉；七月十二日的一篇約七千字，叫〈一個法律研究者的自白〉。單看標題就知道，這是衝著當時「主流」聲音而寫的文章。何教授的抗衡不以火燒，而是論辯——坐下來，我們好好地談一談。

一九九九年六月二十七日在校舉行的那個研討會我也在場，我清楚記得何教授當眾被老朋友、大律師公會主席湯瑪士楊質問時的窘態——「你還記得你從前說過些甚麼嗎？」多有力的一句質問。我當時也有點錯愕，幾個月來的掙扎與苦思，你叫何教授一時間可以如何回答。那已經是對一個人的不信任，何教授自然知道問題不是指向法律觀點，已經直指他的人格。我從何教授厚鏡片下的瘦面上讀出了錯愕、無奈、一言難盡與一點點的失落。

學校有不少殖民時期的舊建築，走出歐洲式建築風格的大樓，順華麗的弧形露天雕花樓梯向大學本部的辦公室走去，何教授一言不發，我也不敢魯莽置喙。我偷瞥了何教授幾眼，他的目光沉實剛毅，沒有慍怒，有一點點兒憤怒的是我。何教授一路沉默，沿途就只有我倆踏石屎路的啪嗒聲，以及大噴水池的嘩啦水聲。中午的陽光把水波照射得粼光閃閃，這本該是陽光燦爛的美好一天。何教授的沉默延續了兩日，我知道七月份刊出的兩篇文章就在那時寫成。何教授固執地要向我城人展示他思考的全過程，而不是結論。

兩篇擲地有聲的文章我都仔細地讀了，只是我懷疑在當時當日，我城人急於找出一種立場之際，有誰會有耐性去反思整件事的意義。一切都化約爲精簡的原則，以及具體的行動。就在討論會後的第三日，何教授在辦公室裡努力以文章代言的一刻，二百多名律師和法律界人士發起了一次靜默遊行——六月三十日，回歸週年紀念的前一天。

當天傍晚六時左右，下班後我在附近轉乘地鐵回家，剛好就在中環地鐵站的入口處碰上那場面。一條長長的人龍，不分男女皆身穿黑色上班服，神情肅穆地在中環出現。他們不喊口號，不拉橫額，途中也不接受傳媒訪問，向滙豐銀行背後的那個山坡走去。那裡，就是終審法院。據說，到達終審法院門外時，二百多名身穿黑衣的法律工作者即在門外默哀兩分鐘，哀悼司法獨立已死，然後和平散去。這遊行在風頭火勢的當時，是一種訴之於情感，而不是理性的舉措。遊行事件的前半段我親眼目睹，場面在說話。像何教授這類人有多軟弱，人大釋法有多壞，根本不用長篇大論，單就遊行的場面已足以說服最大部分的人，以及現場觀看了靜默遊行的好些市民大眾——人大釋法，是一件惡事。

事件在之後的一年急轉直下，變爲社會行動，而且行動者與警方的衝突不斷升級，各界人士、各種力量相繼加入；之後，就是表兄的死亡……。

……今天，我趁手頭沒有積壓工作，便翻箱倒籠尋找當年留下來的有關資料。我的資料檔案一向整齊，終於在一個文件櫃的左下方，一疊舊的「新而剛」文件檔案夾裡找到了當日的報紙剪報，以及何教授當年發表的十多篇中英文文章的原文。

我讀得入神。沉渣泛起，加上之後發生的種種事端互相映照，全局再次綜覽，沒有了對何教授的緊張關心，在更澄明的心境下，事件重讀起來竟比從前有更大的震撼，心情也比從前更爲波動。

「家曦。」一抬頭，面前就站著有千三度近視，瘦削的何教授。我像做了虧心事般給嚇了一跳。

「我叫了你三次，」何教授好奇地看著我，同時看到我辦公桌上的舊報紙，「可以替我送交陳博士嗎？」

「我立即去。」我如夢初醒般站起來就走。

「家曦，」何教授把我叫住，從辦公室門口回過頭來問我：「你讀的，好像是我在報刊上發表的文章。」

「是的。」

「怎麼找出來看了？」

我一時無言，是的，我怎麼又把舊事抖出來了。

八

事情果然沒有結束。若你問我，坦白說，我也茫無頭緒，只能兵來將擋，水來土掩。就像七月中書展的首天，我穿了整齊的上班服到場，知道在那裡會碰到很多平日甚少見面的行家。到自己公司的攤位轉了個圈，就打算到其他出版社逛逛。才開始逛了不到十多分鐘，就碰上自己老闆李總編。

「絜儀，你到過福音出版社那邊沒有？」李總問。

「還未？我剛到。」

李總把我拉到一旁，故意放低聲量而且雙眉緊鎖地說：「絜儀，你猜那個方……對，方倩雯，你知道她是怎樣認識杜老闆的？福音出版社那總編呢？」

我皺眉表示不大明白李總的用意。

「剛才我經過福音社的攤位，他的老闆杜先生把我拉住，問我方倩雯的事情。依杜老總的說法，方倩雯向他說，我公司的編輯不容許她修改自己的稿件，說自己在三校時改多了，對方，就是我們啦，蠻橫地又要退稿又要解約。」李總若有所思，「這個姓方的也眞有點人脈關係。」

我頓時怔住了，反應不過來，我知道老總怕些甚麼。我定一定神向李總說：「請放心，我過去解釋一下便沒事的。杜老總我也認識，沒問題。」

之後，我知道原來好多家教會出版社也知道這件事。這當然是與方倩雯正努力尋找其他出版機會有關，本來是不足爲奇的，問題出在她如何向每一家出版社交代我方解約的原因。我知道，又夠我忙的了。

九

我走進地鐵入口之前買了份報紙，打算在等女友時翻看。這個女朋友有千百樣好處，只是專挑我的約會才遲到這點比較討厭，答應過我會改又改不掉。

車廂內我竟然找到一個空位，坐下來了便翻閱報紙，都是一般性的新聞。我城最近充滿怨氣、晦氣，批評政府無能的聲音尤其多，有些批評是善意的，有些卻無的放矢，我隨意翻看，直至看見一則小新聞——一個叫吳公超的男子因病逝世。

報紙港聞版的一角有一張朋友設堂追悼他的照片，照片中有人向他的遺像鞠躬。這個人我知道，是六七社會行動的成員，身材瘦小卻披一頭長髮，大眼鏡下面是一張虛弱蒼白的三角面。與這虛弱的外形相反，每次在電視上看見他，要嘛就是在喊口號燒區旗，要嘛就是與警方的防線發生衝突，要嘛就是與他的示威朋友們抬一副黑棺木……，是一個硬錚錚的民主鬥士——坊間的說法。

又是我最扎眼的居港權問題。有關吳公超的介紹，我是在去年鬧得全城也風風雨雨的居港權抗爭運動中讀到的。那時，報紙把他與另一個爭取居港權，而且比他更激進的女子陳佩佩並行介紹。那女子在事件發生之初即在入境處門前落髮——藉此指控我城「無法無天」。那時表兄的事仍未發生，更激進的爭取手段隨事件的膠著狀態而逐日升級。他們與政府，是困獸鬥；一方不肯離去，另一方又不容他留下。介紹吳公超與陳佩佩的特輯把他倆稱爲「大城市／小英雄」。吳公超患淋巴腺閉塞，身體狀況極差，需要長期服藥。我從前也得過大病，特別留心與病魔對抗的故事。還記得報導說，吳公超知道要多喝牛奶和多吃有營養的食物健康才會好轉，但他卻偏不去做。他不大理會身體問題，不喜歡的事就不做。報導強調了他的我行我素，還說他反家庭、反學校、反社會，回到家中吃完飯便入房，不與家人溝通。

至於公安惡法，他會以身試法。搞起示威來也不喜歡深入群眾，他只一個人去做，用行動顯示一切。

從眼前這張照片可見，追悼會的布置簡單肅穆。旁邊的文字報導說，有不相識的市民送上花圈或到場鞠躬。回想起從前讀過的那篇訪問，記者在字裡行間似乎也沒有刻意把他美化，而這個人可以在人前把自己的好與不好也說出來，是眞的我行我素，起碼沒有發一些似通不通的高論，倒値得相信是個有些偏執，卻坦然承擔自己選擇的怪人。大抵可以相信這類人某程度上是眞誠的吧。只是，當他的行動被插上「民主」、「自由」、「公義」的標籤後，別人，以至他自己，就會不自覺地把行爲光環化。即使本來是很個人、未深化的行爲，也會因光環標籤效應而自動增値。吳公超死前便對傳媒說過，因爲做了此事——示威、遊行、入獄——死而無憾。光環的頒授，於人類的美好冀盼中，似乎難免滲進了浮腫虛弱的誇飾。

行動上的革命，總比在抽象思維領域裡的默默苦幹來得顯而易見。我忽而想起幾乎被人扣帽子壓垮的何教授。

「下一站是佐敦，請小心車門。」

我把書呀稿件呀，以及內容已雜亂無章的文件、報紙一棟一棟地疊好，我把二〇〇一年八月二十八日星期二的日曆撕下，連同眾多垃圾郵件一併丟進身邊的廢紙筒裡，一切看起來算是比剛才整齊了一點。我把一棟棟搞得整齊了的雜物挪到辦公桌的另一邊，以便騰出空間來寫感謝卡，總共三張。我把字體寫得盡量端正，一切都要萬無一失，感謝他們對事件的理解及對我的信任。

尚幸自己平日工作態度勤懇認眞，獲得同業前輩讚賞，一些出版界中的老行尊或高層都是自己的前輩朋友，否則方倩雯這件事足以令我清譽不保。現在回想起來也捏一把汗。遠在一九九九年那時，因爲被個案感動而主動與她聯絡的當日，怎也不會想到這可能是一次令自己死無葬身之地的遭逢。因爲一切也百辭莫辯。

從一堆堆的文件及書稿中猛一抬頭，原來同事已走得七七八八，只有個清潔阿嬸在倒垃圾。辦公室窗外的一幅大廈玻璃幕牆已不再光亮，即是天色已晚。我發現原來還有一刻便七時了，趕緊收拾東西即時離去。我決心改掉只對男朋友家曦遲到的壞習慣。不能只對遠方的人好，而虧待身邊値得珍惜，陪自己走過種種困難的人。

「走啦，小姐。」

「走啦，阿嬸，明天見。」

「別捱得太辛苦啦。」

絜儀感動地笑笑以示謝意，叮的一聲電梯門打開。

一切額外的忙碌都是活該的吧。我把感謝卡餵進郵箱的大嘴巴，然後急步往地鐵站走去。

在地鐵車廂內忽然又想起方倩雯，此刻她在做些甚麼、想些甚麼呢？長期住院的生活簡單而刻板，患病住院也令她的活動範圍收到最窄，她有的是躺在病床上的時間。未來的一整年，她大有可能仍然咬著書稿一事不放。……我對她的處境，尤其是書中個案內的眞人眞事至今未能忘懷，只可惜事情做起來卻毫不簡單。我在摘取光環的誘惑下失了分寸，錯誤地激起一個人過度的期望與自信。生之苦與可哀，就是你不認命，與逆境對抗，如用力過猛，猛得連自己的生命也扭曲壓壞時，究竟是逆境戰勝了抑或自己戰勝？不得而知。

事件暫時看來是可以告一段落的了，但心中全無欣喜，偶爾還會有一絲歉疚。這不是我最希望得到的結果。

「請勿靠近車門。……下一站是……」

有人下車，我找了個空位坐下，一邊翻看報事，一邊看手錶，還未到七時。看來我的壞習慣是有機會改掉的。

上兩三個月只顧處理各種瑣事，未及好好關心家曦。感覺上家曦最近也有他的心事。今夜，我就做一個聆聽者，讓家曦說最多的說話。我隨意翻看每天也大同小異的即日新聞——直至看見一則悼念一名社會運動人士的報導……

二〇〇一年十二月二十五日

後記

十二年來只出了四本短篇小說集，而且都是自掏腰包的「素葉」出品。啊啊，只有十二年前的第一本小說集《天不再空》申請過一點資助。那時少不更事。

四本小說集出版時都是業餘寫作，我一直是個上班族；以戰養戰，我用自己的薪資來養活自己的寫作，讓小說寫得沒有壓力，無所求地「為藝術而藝術」。

我希望自己先是一個「人」，然後才是個寫小說的。切切實實地生活——為發薪水而開心，為繁重的工作倦怠，為劣質周刊當道、社會十年反智氣惱，為九七後的暗潮洶湧憂心……——並用自己的觀察來寫身處的環境；沒有太多「隱喻」呀「國族喻意」呀，以至「後殖民」，卻有我認為眞切的、一時一地的生活，也是一個「正常人」的生活。於香港的社會「現實」不是要刻意「反映」，只緣身在其中，正常人都會對自己的生活有感受，有省思，有哀樂；發而為文，就是小說。我活得投入。

非常感謝初安民先生邀約一本自選集，讓我重溫十二年來寫過些甚麼。這批被我潤飾翻修的小說因印刻而有機會去一趟旅行，在台灣見見世面，書名就叫《天不再空》。

悔吾少作，一九九四年出版的《天不再空》只選了〈天不再空〉一篇。當年家用傳眞已是科技突破——想想也覺好笑，十多年後的今天，傳眞已成了不那麼方便的次選。小說內容沒有因應科技革新而翻新，存其本貌、尤其是當年的科技本相，或可令讀者多幾個層次玩味。

一九九八年的《暖熱》選了〈暖熱〉、〈天使的水晶瓶和星星〉、〈N號皇庭〉；二〇〇〇一年的《鐵票白票》選了〈股票的時間零〉、〈祝你旅途愉快〉、〈另一類悠長假期〉和〈我要養狗〉；二〇〇五年的近作《第一次寫大字報》則選收了〈學生．運動〉、〈時間．七月〉和〈光環〉。

寫作小說十多年，深知創作不是線性發展的進化論，一切都非必然。而小說以至人的成長需要時間，急不來。很願意默默地努力。而且，有所愛、仍有事想努力這種感覺實在好。

二〇〇八年五月

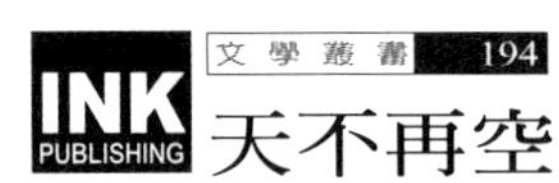

文學叢書 194

天不再空

作　　者　余　非
總 編 輯　初安民
責任編輯　陳思妤
美術編輯　張薰芳
校　　對　陳思妤　余　非

發 行 人　張書銘
出　　版　INK印刻文學生活雜誌出版有限公司
台北縣中和市中正路800號13樓之3
電話：02-22281626
傳真：02-22281598
e-mail : ink.book@msa.hinet.net
網　　址　舒讀網http ://www.sudu.cc

法律顧問　漢廷法律事務所
劉大正律師
總 代 理　展智文化事業股份有限公司
電話：02-22533362・22535856
傳真：02-22518350
郵政劃撥　19000691 成陽出版股份有限公司
印　　刷　海王印刷事業股份有限公司

出版日期　2008年 7 月 初版
ISBN　978-986-6631-10-8

定價　260元

Copyright © 2008 by Yu Fei
Published by INK Literary Monthly Publishing Co., Ltd.
All Rights Reserved
Printed in Taiwan

國家圖書館出版品預行編目資料

天不再空／
余非著.－－初版.－－
台北縣中和市：INK印刻文學，
2008.07 面； 公分.--（文學叢書；194）
ISBN 978-986-6631-10-8（平裝）

857.63　　97006836

版權所有・翻印必究
本書如有破損、缺頁或裝訂錯誤，請寄回本社更換

K INK INK INK INK INK INK
NK INK INK INK INK INK I
K INK INK INK INK INK INK
NK INK INK INK INK INK I
K INK INK INK INK INK INK
NK INK INK INK INK INK I
K INK INK INK INK INK INK
NK INK INK INK INK INK I
K INK INK INK INK INK INK
NK INK INK INK INK INK I
K INK INK INK INK INK INK
NK INK INK INK INK INK I
K INK INK INK INK INK INK
NK INK INK INK INK INK I
K INK INK INK INK INK INK
NK INK INK INK INK INK I
K INK INK INK INK INK INK
NK INK INK INK INK INK I
K INK INK INK INK INK INK
NK INK INK INK INK INK I
K INK INK INK INK INK INK
NK INK INK INK INK INK I
K INK INK INK INK INK INK
NK INK INK INK INK INK I

INK INK INK INK INK INK
K INK INK INK INK INK IN
INK INK INK INK INK INK
K INK INK INK INK INK IN
INK INK INK INK INK INK
K INK INK INK INK INK IN
INK INK INK INK INK INK
K INK INK INK INK INK IN
INK INK INK INK INK INK
K INK INK INK INK INK IN
INK INK INK INK INK INK
K INK INK INK INK INK IN
INK INK INK INK INK INK
K INK INK INK INK INK IN
INK INK INK INK INK INK
K INK INK INK INK INK IN
INK INK INK INK INK INK
K INK INK INK INK INK IN
INK INK INK INK INK INK
K INK INK INK INK INK IN
INK INK INK INK INK INK
K INK INK INK INK INK IN
INK INK INK INK INK INK
K INK INK INK INK INK IN

NK INK INK INK INK INK IN
INK INK INK INK INK INK
K INK INK INK INK INK IN
INK INK INK INK INK INK
K INK INK INK INK INK IN
INK INK INK INK INK INK
K INK INK INK INK INK IN
INK INK INK INK INK INK
K INK INK INK INK INK IN
INK INK INK INK INK INK
K INK INK INK INK INK IN
INK INK INK INK INK INK
K INK INK INK INK INK IN
INK INK INK INK INK INK
K INK INK INK INK INK IN
INK INK INK INK INK INK
K INK INK INK INK INK IN
INK INK INK INK INK INK
K INK INK INK INK INK IN
INK INK INK INK INK INK
K INK INK INK INK INK IN
INK INK INK INK INK INK
K INK INK INK INK INK IN
INK INK INK INK INK INK

INK INK INK INK INK INK I
K INK INK INK INK INK INK
INK INK INK INK INK INK I
K INK INK INK INK INK INK
INK INK INK INK INK INK I
K INK INK INK INK INK INK
INK INK INK INK INK INK I
K INK INK INK INK INK INK
INK INK INK INK INK INK I
K INK INK INK INK INK INK
INK INK INK INK INK INK I
K INK INK INK INK INK INK
INK INK INK INK INK INK I
K INK INK INK INK INK INK
INK INK INK INK INK INK I
K INK INK INK INK INK INK
INK INK INK INK INK INK I
K INK INK INK INK INK INK
INK INK INK INK INK INK I
K INK INK INK INK INK INK
INK INK INK INK INK INK I
K INK INK INK INK INK INK
INK INK INK INK INK INK I
K INK INK INK INK INK INK